万国菓子舗　お気に召すまま

遠い約束と蜜の月のウェディングケーキ

著　溝口智子

マイナビ出版

Contents

登場人物

Characters

村崎荘介（むらさきそうすけ）

『万国菓子舗（ばんこくかしほ）　お気に召すまま』店主（サボり癖あり）。
洋菓子から和菓子、果ては宇宙食まで、
世界中のお菓子を作りだす腕の持ち主。
ドイツ人の曾（そう）祖父譲りの顔だちにも、ファン多し。

斉藤久美（さいとうくみ）

『お気に召すまま』の接客・経理・事務担当兼〝試食係〟。
子どもの頃から『お気に召すまま』のお菓子に憧れ、
高校卒業後、バイトとなった。明るく元気なムードメーカー。

安西由岐絵（あんざいゆきえ）

八百屋『由辰（よしたつ）』の女将であり、荘介の幼馴染み。
女手一つで店を切り盛りし、目利きと値切りの腕は超一級。

班目太一郎（まだらめたいちろう）

荘介の幼馴染みのフード系ライター。
『お気に召すまま』に入り浸り、久美によく怒られている。

藤峰透（ふじみねとおる）

久美の高校時代の同級生。大学で仏教学を専攻。
星野陽（ほしのよう）という恋人ができ、ベタ惚れして久美にのろけている。

International Confectionery Shop

Satoko Mizokuchi

万国菓子舗お気に召すまま

遠い約束と蜜の月のウェディングケーキ

溝口智子

千一夜目のクナーファ

川島浩紀(かわしまひろき)は行き詰まりを感じていた。すやすやと眠る我が子の安らかな寝顔を見ても、今日は気持ちが落ち着かない。今日だけではない。昨日も、一昨日も、多分、明日も、このままではもう心穏やかに過ごすことはできない。

娘の額をなでる。この子は明日も明後日も幸せに寝つけると信じているに違いない。その期待を裏切るわけにはいかない。

「……行ってみるか、あの店に」

浩紀は娘の寝顔にそっと語りかけて子ども部屋を出た。

＊＊＊

カランカランと明るいドアベルが鳴った。ショーケースの裏のカウンターで事務仕事をしていた斉藤久美(さいとうくみ)は手を止めて顔を上げる。

「いらっしゃいませ」

澄み渡る青空が美しい初秋の朝、店に入ってきたのは、おしゃれで高級そうなスーツを着た男性だった。スタイリッシュな銀縁の眼鏡が知的な感じをより際立たせている。男性は久美に向かってちょっと頭を下げてから店内を見渡した。

瀟洒（しょうしゃ）な木造の平屋建て、歴史を感じさせる建物だ。店に入ってすぐ目に入るショーケースの中にはぎっしりとお菓子が詰まっている。壁に作りつけられた棚にも焼き菓子がずらりと並んでいる。そのどれもが客に語りかけているようだった。『わたしを食べて』と。

じっくりと店内を見回す客を久美はにこやかに待っていた。急かすでもなく無関心でもない、ちょうどいい客との距離感を保って。肩の上で踊る黒髪、清潔なエプロン。ちょこんと小柄で、いかにも親切そうな笑顔。そのためか客は存分に店の空気を堪能しているようだった。

男性客はショーケースに近づき、お菓子を端からゆっくりと見ていく。シュークリーム、プリン、チーズケーキ、羊羹（ようかん）、練り切り、カステラなどよく知ったラインナップのお菓子の他に、ドイツ語らしい名前のケーキがいくつも並んでいる。

「珍しいお菓子があると聞いてきたんですが、こちらのお店はドイツ菓子がメインなんですか？」

男性客の問いに久美は、はじけるような笑顔で答えた。

「先代まではドイツ菓子専門店でした。今は、どんなお菓子でも作っております」

「どんなお菓子でも、というと、和菓子のことですか」

客がショーケースの中の練り切りを指さした。

「和菓子もですが、世界中のどんなお菓子も、夢に見ただけのお菓子、物語の中にしかないお菓子でも、なんでもです」

男性は顎に手をあててなにか考え込んでいたが、ふと顔を上げると久美を試すように目を細めて尋ねた。

「『蜂蜜(はちみつ)入りの乱れ髪菓子』も作れますか？」

「もちろんです！」

久美は頷く。

「当店にないお菓子はありません！」

この店のモットーを口にして、堂々と胸を張った。


男性客が帰ってから半日ほどして、夕焼けに染まりはじめた商店街を抜けて店主が帰ってきた。サボり癖のある店主は今日も一日、どこかに姿をくらましていたのだ。

「もう、荘介(そうすけ)さん。朝だけじゃなくて昼間もお菓子を出しましょうよ。今日も売り切れちゃいましたよ」

久美の言葉どおり、ショーケースの中はがらんとして寂しげだ。店主は久美の声が聞こえなかったふりをして、そそくさと厨房へ向かおうとする。久美はその背中に彼を動かす、とっておきの一言を投げかけた。

「特別注文が入ってますよ」

店主はパッと振り向くと、満面の笑みを浮かべた。

「そうですか！　注文はなにかな？」

いつもこれくらい熱心に仕事をしてくれたらいいのにと、久美は内心でため息をつきつつ予約票を差しだした。

福岡の繁華街・天神にほど近いこの店『万国菓子舗　お気に召すまま』の店主は村崎荘介という三十代前半の男性だ。ドイツ人の曾祖父ゆずりの端正な顔立ちで、奥様方のファンも多い。美しさのせいか普段は冷たくも見えるギリシャ彫刻のような顔だが、笑顔になったときにはとても人懐こい印象を与える。

お菓子作りがなにより好きで、注文さえあればいつでもどんなお菓子でも美味しく作りだしてみせる。アメリカ、アフリカ、ヨーロッパ、インドにアジアに宇宙食まで、荘介が作れないとギブアップしたことは一度もない。

そんな荘介の姿勢を尊敬しているアルバイト店員の久美は、店の新商品の試食が自分の一番の仕事であると思っており、目新しいお菓子の予約には店主と同じくらい、わくわくを隠しきれなかった。

「ご注文は『蜂蜜入りの乱れ髪菓子』だそうです。変わった名前のお菓子ですよね。お客様もどういうものか詳しくはご存じないそうで、しかもすぐに帰ってしまわれたから事情もよくわからないんですけど……」

「それは『アラビアンナイト』に出てくるお菓子ですね」

久美は首をかしげた。

「『アラビアンナイト』って、シンドバッドとか魔法のランプとかですか？」

「そう。その二つも『アラビアンナイト』のなかの話ですよ」

「他にもお話があるんですか？　私、二つしか知りません」

「『アラビアンナイト』は『千一夜物語』とも訳される、ペルシア語で書かれた物語です。発祥は九世紀のササン朝ペルシア時代だそうだよ。一人の女性が王様に夜ごと話して聞かせた数々の物語という構成で書かれています」

「千一夜ということは、千一話もお話があるんですか」

荘介は予約票をじっくりと眺めながら返事をする。

「実際に千一話あるわけではなくて、『とてもたくさんの』という意味で、最初は二百話くらいだったそうなんだ。でも、ヨーロッパにこの話を持ち帰った人たちが続きを書き続けて、千一夜分の話が出来上がったそうです。ところで久美さん」

唐突に蘊蓄を切り上げた荘介は、久美にまっすぐ向きあった。

「ご予約の川島浩紀さんは何歳くらいの方だった？　どういう印象？　お菓子の注文についてなにか他に聞いてない？」

荘介は、お菓子を注文した客に合ったものを作るためにその人のことをできる限り知ろうとする。畳みかけるように質問されるのはいつものこと。久美は慣れた調子で答えていく。

「二十代後半か三十代前半くらいで、自信に満ち溢れたっていう感じの、真面目そうな方でした。未体験のことを経験したいから、食べたことのないお菓子を食べてみたいっておっしゃっていました」

「未体験の味を求めていらっしゃったんですね。それがなんで『千一夜物語』のお菓子なんだろう」

「千一個の未体験スイーツを食べつくしたいとか？」

「それはいかにも久美さんらしい意見だね」

久美はそっぽを向いてみせた。

「どうせ私は食いしん坊ですとも。いつでも食べ物のことしか考えてませんよー」

すねたような言い方の久美の頭をポンとなでて、荘介は厨房に入っていった。

久美は店番の他に事務と経理も一手に引き受けているので昼間は忙しくしているが、店のお菓子が売り切れてしまうとさすがに暇になる。簡単にかたづけをしてから、奥の厨房を覗いた。

大正時代から続くこの店は長年大切にされていて往時の姿がそのままに残っている。厨房の水色のタイル張りの壁も、木造の棚や納戸、レンガ造りで天板が大理石の調理台なども、今ではめったに見られないような設備だ。荘介が毎日隅々まで磨いているため古くても清潔で明るい。

その中の数少ない近代的なもの、大きな業務用冷蔵庫を荘介は覗いていた。

「ちょっと材料が足りません。買い出しに行ってきます。お菓子も売り切れていますし、今日はもう表のドアは閉めましょうか」

「はい、わかりました」

「久美さんも今日は早じまいでいいですよ」

「それなら、私も買い出しについていってもいいですか？」

久美からのそんな申し出は初めてで荘介は少し驚いたが、すぐに目を細めて嬉しそうな表情になった。

「もちろんです。ぜひ一緒に行きましょう」

同行すると言ってもとくに喜ばれるとは思っていなかった久美は照れてしまって、赤くなった顔を見られないようにと後ろを向いた。

「じゃあ、カバンを取ってきます」

「『バンちゃん』で待ってますよ」

ショーケースの裏に置いてあるカバンを取り、エプロンをはずした久美は赤い顔を鎮めるべく深呼吸して気持ちを落ち着けた。店の表に出て、『仕込み中』の札をかけてドアを閉めると、裏口にある車庫に向かう。

車庫には『万国菓子舗　お気に召すまま』と大書された軽バンが停まっている。久美がバンちゃんと呼ぶので、それが正式名称になった。いつもは配達でしか使わないバンちゃんで買い出しに出かけるのは珍しいことだ。

「わざわざ買い出しに行くって、なにか特別な素材が必要なんですか？」

シートベルトを締めながら久美が聞く。

「在庫があるかわからないけれど、なかったら取り寄せないといけないものですから。

予約は明後日ですからね。今日、明日で確実に手に入れたいです」

なにを買いに行くのか、今は教えたくないらしいと察した久美は、バンちゃんでのドライブを楽しむことにして車窓に目を向けた。

夕暮れの街を行く人の歩調はゆったりとして、一日の喧騒から離れ、穏やかな夜を迎えるための準備をしている様子だ。家に帰るのか、はたまた営業が終わって会社に戻るのか、どちらにしても急ぐ用事もないように見える。秋の初めの夕焼けが雲を茜色に染めている。どうやら明日も晴れそうだ。

「荘介さんは『千一夜物語』を読んだことってありますか?」

まっすぐ前を向いている荘介の美しい横顔を堪能しながら、久美が尋ねた。

「全部ではないけれど、いくつか読んだことがあります。『蜂蜜入りの乱れ髪菓子』の話も読みましたよ」

「どんなお話ですか?」

「正直者の旦那さんに強欲な奥さんが無理を言って、高価な『蜂蜜入りの乱れ髪菓子』を買ってくるように命令するんです。その日の稼ぎがなくてお菓子を買えなかった旦那さんを奥さんが責めて喧嘩になるんだ。そして奥さんは『旦那に殴られた』と大騒ぎして旦那さんは捕まってしまう」

「旦那さんからのＤＶですね」

「冤罪の臭いがぷんぷんするけれどね。それで刑を受けた旦那さんは家に帰らず、紆余曲折あって王女の婿になり幸せに暮らしましたとさ。めでたしめでたし」

「紆余曲折って、そこのところが大事なんじゃないですか。なにがあったんですか」

「それはまた別の機会に。ほら、つきましたよ」

　バンちゃんは輸入食材店の駐車場に入った。ガラス張りのおしゃれな店の中、棚一杯に輸入食材が並べられている。久美は車を降りると店に駆けていき、ガラスに顔を近づけて中を覗いた。

「荘介さん、すごいですよ！　見たことないものがたくさんあります！」

「中に入るともっとすごいですよ。行きましょうか」

　店内に入った久美はきょろきょろと左右を見渡して感嘆の声を上げた。

「どうしましょう、荘介さん。面白いものがいっぱいあります！」

　荘介は興奮して鼻息が荒くなっている久美を面白そうに眺めていた。久美は見られていることにも気づかずに、一番端の棚に駆け寄っていく。

「久美さん、ゆっくり見ていてください。僕はカダイフを探してきますから」

「カダイフ？」

久美が振り返ったときには、もう荘介は棚の向こうに姿を消していた。

「カダイフって、なんじゃらほい」

独りごちて首をかしげたが、そんなことはすぐに忘れた。この店が楽しくてしかたないのだ。荘介の言うとおり店の端から端まで全部見てやろうと歩きだした。

フルーツや野菜の瓶詰が色とりどりに並び、何語で書かれているのかわからないパッケージのお菓子がどっさり積まれ、美しいラベルのお酒が木箱にぎっしり詰められている。そのどれもが珍しく、久美は時間を忘れて見て歩いた。店の端までたどりつき振り返ると、荘介が久美のすぐ後ろに立っていた。

「うわ、びっくりした！　荘介さん、なんばしよっと？」

「久美さんの観察ですよ」

不意をついて久美の素の博多弁を引きだせたことが嬉しいらしく、荘介は満足げに微笑んだ。

「カダイフ、ありましたよ」

手にした銀色の保冷バッグを掲げてみせる。

「カダイフってなんですか？」

「これですよ」

荘介は保冷バッグを開けて中身を取りだしてみせた。透明なビニールに包まれた、冷凍された白い糸状の生地だ。

「え、そうめん?」

荘介はますます嬉しそうに笑う。今このとき、久美を驚かすために、これまでカダイフについて語らなかったのだろう。

「久美さんならそう言ってくれると思っていました」

久美はからかわれるのも慣れたもので、いつものようにムッとしてみせる。

「もう、もったいぶらないで教えてくださいよ。そうめんじゃないならなんなんですか」

「小麦と塩を使った細いものという点ではそうめんと同じですが、これは一般的なそうめんよりも細いですね。中東からトルコの辺りにかけて作られているれっきとした製菓素材だけど、お菓子だけでなく料理にも使われることがあります」

「荘介さんは料理には使わないでくださいね。カダイフが泣きます」

「それは僕の料理の腕を批判していますか?」

「いいえ、真実をありのままに素直に口にしただけです」

「そうですか……」

荘介はお菓子作りの腕は一流なのに、なぜか料理はからきしだめなのだ。料理が下手だと断定された荘介は、寂しそうに肩を落として店を出た。久美は輸入食材たちに未練を残しつつ、あとを追ってバンちゃんに乗り込んだ。

「無事に材料も揃いましたから、明日の夕方に下準備をしておけば明後日の注文にちょうどいいですよ」

「注文の品、ひとつだけですか……？　作るの」

上目遣いでちらりちらりと荘介を見る久美に苦笑しながら、荘介はバンちゃんのエンジンをかける。

「では、今から下準備をして、明日試作しましょうか。久美さん、下準備に付き合ってくれますか？」

「もちろんお供します！」

まだ見ぬお菓子への期待を込めた久美の鼻歌をＢＧＭに、バンちゃんは陽が暮れた道を店へと戻っていった。


店に帰って荘介が持ち帰った保冷バッグを開けると、カダイフの他にもチーズ、ヨーグルト、ローズウォーター、はちみつが入っていた。久美はチーズの入ったビニール製の袋を目の高さまで持ち上げてしげしげと眺める。

「エル、オー、アール……ロルって読むんでしょうか」

「正解です。トルコ産のチーズです。甘みがあってお菓子作りにも使われます」

「こっちのヨーグルトもトルコ産ですか？」

久美が続いて手にしたヨーグルトには日本語の成分表示が張り付けてある。

「いや、トルコ産は置いてなかったよ。けれど高脂肪のヨーグルトが手に入ったからね。ラブネを作ろうと思って」

「ラブネってトルコ語ですか？」

「トルコの言葉でもラブネだけれど、中東やバルカン半島でも同じ名前で扱われています。ヨーグルトに塩を混ぜて水切りしたものだけれど、原始的なチーズの作り方の一種ではあると思うんだ。『千一夜物語』の時代のチーズに近いかと思ってね」

「ヨーグルトとチーズは親戚っぽいですよね」

「またいとこくらいにはなるんじゃないかな。今日は、ラブネにするためにヨーグルトを水切りします」

荘介はヨーグルトに塩をひとつまみ混ぜ込み濾(こ)し器に布巾をかけて、そこにヨーグルトを注ぎ込んだ。満足げに腰に手をあて、ふむ、と頷く。

「はい、これで準備完了」

「……それだけで下準備は終わりなんですか？」

「そうですね」

「私、来た意味ありますかね」

「僕が寂しくなくなります」

真面目な顔をしている荘介をしばらく見つめていた久美は、ぷっと吹きだした。

「それは重大な意味がありますね」

「はい。おかげで美味しいお菓子が作れそうですよ」

荘介はやはり真面目な顔をして言う。いつもならにっこり笑顔で久美をからかう荘介なのだが、今日はどうやら違うようだ。久美はその表情を見られただけでも来た甲斐があったと笑みをこぼす。

「続きはまた明日。明日はもっと面白いですよ」

「お菓子が面白くなるんですか？」

「『千一夜物語』のおしまいの言葉だよ。それを聞いた王様はわくわくした気持ちで眠ったんだそうです」

「たしかに、わくわくする言葉ですね。私も明日が楽しみです」

そう言って目を輝かせる久美を見て、荘介も明日が楽しみになって微笑んだ。

＊＊＊

その夜、浩紀はいつものように愛娘の枕元に座っていた。ぬいぐるみがたくさん並んだベッドに入って輝く瞳で浩紀を見上げる娘。その見慣れた光景。毎晩ひとつ、娘のためにお話をしてやると決めてからもうすぐ二年になる。『千一夜物語』にあやかって千一回まではなにがあっても続けようと思っていた。

だが今日の浩紀は緊張して手をぎゅっと握りしめている。そんな父の様子に気づかぬようで、じきに五歳になる娘はわくわくと胸躍らせている。

「パパ、お話して」

娘の言葉に浩紀の心臓が跳ねる。

「そ、そうだな。じゃあ、今日は私が大学受験をしたときの話をしようか」

「それ、もう聞いたよ」

「じゃあ、ママにプロポーズしたときの……」

「それも聞いたよ」

娘のぶうっとむくれた姿に、浩紀は慌てて次のエピソードを探して頭を巡らせた。

「そうか、そうだな。じゃあ、私が高校生のとき……」

「高校三年生のとき、テニスで優勝したお話でしょ？」

「なんでわかったのかな」

娘は唇を尖らせて不満を隠しもしない。

「もう聞いたもん。パパ、わたしにお話したこと忘れちゃったの？」

「いや違うんだよ。ちょっと勘違いしただけだ」

焦る浩紀の手のひらにジワリと汗がわいてきた。娘は疑わしげに目を細める。

「ふうん。じゃあ、他のお話して」

浩紀は懸命に自分の記憶を探った。なにかもっとあるはずだ。娘のためになる自分の経験が。娘に聞かせれば「パパ、すごい！」と言ってくれるような、娘が人生の目標にできるような話が。これまでもずっと作り物ではない自身の経験を語ってきたではないか。その姿勢は崩せない。自分が肌で感じた喜ばしい記憶。まだなにかあるだろう、まだなにか……。

けれど、どんなに考えてもこれ以上娘を喜ばせることができるような話は出てこない。諦めそうになったとき、とっておきを思いついた。

「そうだ。去年の社長の家のクリスマスパーティーのときの話をしよう」

「なんで？　わたしもクリスマスパーティーに行ったよ。だから全部知ってるよ」

浩紀は得意満面で胸を張る。

「うん。でも知らないお話だと思うよ。じつはね」

娘が期待して目を輝かせる。

「あの日、みんなに配ったプレゼントはパパが準備したんだ。君はセンスがいいからって、社長じきじきのご指名でね」

娘の笑顔が硬くなる。

「あれ、パパが選んだの……」

「そうだよ、みんな喜んでいただろう？」

「うんと。そう……だったよね」

歯切れの悪い言葉に浩紀は首をかしげた。

「気に入らなかったかな」

「……ちょっと」

ショックを受けて黙ってしまった浩紀を見て、娘は慌てて慰めようとした。

「あのね、嫌いじゃないよ。ただちょっと、ダサいかなって」

さらなるショックで浩紀は天井を振り仰いだ。

「お友達もね、パパ面白いねって笑ってたよ」

「よし！　他のお話をしよう！」

「うん。それがいいと思うな」

フル回転で記憶を探り、なんとか浩紀は他のお話を思いつき、夜の日課を終えた。しかし、満足そうに眠る娘を見つめても、少しも心は安らがない。

こんなことでは明日の夜も、浩紀が自信満々で話せることをなにも思いつかずに言葉に詰まるのは目に見えている。

(誰か助けてくれえ！)

浩紀は心の中で叫んだ。

＊＊＊

明くる朝、『お気に召すまま』の厨房で、いつもより早く出勤してきた久美は荘介の仕事の手が空くのを待っていた。荘介は店に出すお菓子の制作に余念がない。早朝から和菓子を作り、焼き菓子を作り、今は生ケーキの飾りつけをしているところだ。

ぺったりと白いレアチーズケーキの上にフランボワーズとみずみずしい緑のセル

フィーユを飾ると、途端に華やかで洗練された様子に変わるのが魔法のようで、久美は目を奪われた。

　そうやっていくつものケーキが華々しくショーケースに並んだら、久美も仕事を始められるはずなのだが、今日はいつまでたっても厨房に居座って荘介を見ている。

「どうしました、久美さん。なにを待っているのかな？」

「昨夜の下ごしらえの続きを待っています」

「それならまだまだ待っていてください。ヨーグルトの水切りにたっぷり時間をかけたいものですから」

　久美は目を丸くした。

「え、そうなんですか！　私、一晩置いたら出来上がるのかと思ってました」

「早く来て損をしたね」

「そんなことないです。働き者の荘介さんを見ることができて楽しかったです」

「僕はいつでも働き者ですよ」

「うそばっかり。今日もお店を抜けだすつもりのくせに」

「そんなことはないですよ。まだまだ働きますよ」

　久美がもっと追及しようと口を開いたとき、店舗の方からカランカランとドアベルの音がした。久美は急いで店舗へ移動して朝一番の客の対応を始めた。その客が、店の一番人気でいつもすぐに品切れする豆大福を買って出ていってから厨房を覗くと、案の定、荘介の姿はなかった。いつものように厨房にある裏口から出ていったのだろう。

「もう、これやもん。好かーん」

軽くため息をついて久美は自分の仕事に戻った。

いつもなら、一度戻ってくるとしても久美の昼休みを目安にする荘介が、今日はその一時間も前に戻ってきていた。人の気配を感じて厨房にやって来た久美が目を丸くする。

「荘介さん、今日は早いんですね」

「昼食のデザートにクナーファを作ろうと思ってね」

「クナーファ？」

「『蜂蜜入りの乱れ髪菓子』の別名だよ。中東をはじめトルコ、ギリシャ、ブルガリア辺りまで、広い範囲で作られています。地域によって少しずつ作り方や呼び方は違うんだけど、どれもクナーファに近い音の名前と作り方だよ。今日は『千一夜物語』にあやかってアラブ風のクナーファにします」

そう宣言すると荘介はすぐに支度にとりかかった。

調理台の上に並べたのは昨晩から準備しておいた水切りヨーグルト、解凍したカダイフ、ロルというチーズ、バター、はちみつ、ピスタチオ。

「こちらは置いておいて、先にシロップを作るよ」

小鍋に砂糖と水を入れて弱めの火にかける。すぐにふつふつと気泡が立つ。煮立たせないように火をさらに弱め煮詰めていく。とろりとしてきたらローズウォーターとレモン汁を加えて火を止める。

次に生地を作る。荘介が絡まった糸のようなカダイフをほぐしていると、久美が側に寄ってきて手許を覗いた。

「本当にそうめんみたいですね。ゆでるときに混ぜなかったせいで、全部がくっついちゃったそうめんにそっくり」

「それは久美さんの実体験ですか」

久美は、うっ、と言って黙ってしまった。どうやらあたりらしい。

「僕もやったことがありますよ。しかたないからそのまま食べました」

「そうめんは固まったまま煮えると中央の方は生煮えでガリガリするんですよね！　カダイフもそうですか？」

「さあ、どうだろう。僕はお菓子作りでは失敗しないから」

それもそうか、と久美は納得した。サボり癖のある困った店主ではあるが、荘介のお菓子作りの腕は天才的だ。厨房の隅に置いてある折り畳みの椅子を持ちだして腰かけ、失敗無しの仕事をじっくり見学することにした。

反物(たんもの)のように巻かれたカダイフをほぐすとサラサラとした手触りになる。それを小さくちぎって、二、三ミリほどまで短くする。

溶かしバターをカダイフの上にまんべんなくかけて揉み込む。

カダイフとバターが馴染んだら半分ほどを四角形の焼き型に敷き詰め、上に重石をのせて硬く締める。

その間にチーズを専用の削り器で粉状にして、水切りヨーグルトと混ぜる。

「ヨーグルトが半固形になってますね」

濾し器の上のヨーグルトは、みずみずしいフレッシュチーズのようだ。

荘介がヨーグルトから出た水の入ったボウルを調理台の上に置いたままにしているのを見て、久美が尋ねた。

「その水は捨てないんですか?」

「これは乳清(にゅうせい)、ホエーとも呼ばれるけど、栄養価が高くていろいろ使えるんだよ」

「いろいろって?」

「そのまま飲んでもいいし、料理に加えてもいい。牛乳の成分はそのままで脂肪分が除去されているから吸収がいいんだ。タンパク質やアミノ酸、カルシウム、ミネラル分も豊富でダイエットにもいい。肌に直接つけると美肌効果もあるそうだよ」

「本当ですか！　つけたいです！」

「ヨーグルトの水切りに塩を使ったでしょう。だからこのホエーには塩分が含まれている。多分、肌につけたらヒリヒリすると思うよ」

久美はいかにもがっかりといった風に肩を落とした。

「じゃあ、捨てるしかないんですか。もったいないです」

「もったいないから、あとでパイ生地に使います」

荘介の言葉に久美は目を見開いた。

「昼間なのにまだ働くんですか！　まるで働き者みたいじゃないですか！」

「僕はいつでも働き者ですよ。今だって働いていますし。そろそろカダイフも固まったと思いますからフィリングを挟んでいきましょう」

型から重石を取りのぞいて、硬く締まったカダイフ生地の上にチーズと水切りヨーグルトを混ぜたものをのせる。

型の三分の二ほどまで埋めて、その上に残しておいた粉状のカダイフを詰める。

「これで焼いていきます。その間に昼食にしましょう」

「私、なにか買ってきますね」

「昼食は僕が準備しましたよ」

立ち上がりかけた姿勢のまま久美はピタリと動きを止め、なんとも嫌そうな表情を浮かべた。

「まさか、荘介さんの手作りですか？」

「そうですよ」

「……私、遠慮したいです」

「そう言わずに。サンドイッチですから、僕でも美味しく作れたはずです」

「はず、って。味見はしていないんですか？」

「はい。一蓮托生と思って」

「それって全然自信がないんじゃないですか」

久美の言葉など聞こえなかったかのように、荘介はうきうきと冷蔵庫からサンドイッチを取りだした。久美はなにかを悟ったような、すべてを受け入れることを厭わないという無想の表情で、よく冷えたサンドイッチと向かいあう。荘介は楽しそうに、いそいそとカフェオレを淹れている。

「はい、どうぞ」

差しだされたカフェオレとサンドイッチを目の前に、久美は解脱した修行僧のように静かに手を合わせた。

「いただきます」

二人、差し向かいでサンドイッチを頬張る。久美は目をつぶって来るべき恐ろしい衝撃に備えた。だがいくら待ってもそのときは来ない。おそるおそる目を開け、サンドイッチを噛みしめて飲み込んだ。

「……あれ、美味しい」

「うん、大成功ですね」

「どうしたんですか、荘介さん！　天変地異の前触れですか！」

「失礼な。僕はナマズじゃありません」

「だって、美味しいですよ、このサンドイッチ！」

「僕は料理上手ですよ」

「そんなはずは！　なにか秘密があるはずです！」

「ないですって。普通に作りました」

久美は荘介の言葉が信じられず、しげしげとサンドイッチを観察した。食パンの間にチーズとハム、マッシュルームとほうれん草が挟んである。

「これって、お店で出しているキッシュの材料ですよね」

「そうですね」

「もしかして、キッシュのあまりで作ったんですか？」

「そうですよ」

「なんだあ、それならそうと早く言ってくださいよ。キッシュと同じ味なら安心して食べられたのに」

荘介はムッとして「僕なんかどうせ」と小さく呟いたが久美の耳には届かなかったようで、久美は機嫌よくもりもりとサンドイッチを平らげた。


オーブンが焼き上がりを知らせるビーッという音を立てた。一度型を取りだし、天地をひっくり返してもう一度オーブンに入れて焼く。

「こうすると中のチーズまで偏りなく火が入ります」

「小麦粉が焼けるいい香りがしますね、お腹がすきます」

「サンドイッチだけでは足りなかったですか？」

「お菓子は別腹ですよ」

「それは良かった」

満面に笑みを浮かべた荘介は焼き上がったクナーファを皿にあけて、作りおいていたシロップと蜂蜜、砕いたピスタチオをたっぷりとかけた。

「薔薇のいい香り！　蜂蜜と混ざった薔薇の香りはとろっとしていますね」

「焼きたての特典みたいなものだよね。冷めてしまうと香りは半減するから。さあ、熱々をどうぞ」

荘介が切りだした四角いクナーファはこんがりキツネ色で、生地表面にシロップが染み込んできらりと光っている。断面は上からカダイフ、チーズ、またカダイフの三層。チーズはとろけているのにこぼれてくることはない。

「いただきまーす」

久美は両手を合わせてからクナーファにフォークを入れた。

「わあ、見た目よりずっとやわらかいんですね。カダイフの表面はサクッというか、カリッとしているのに中のチーズがもっちりしっとり」

「水切りヨーグルトのおかげでチーズがしっとりするんだ」

荘介に見守られながら久美は大きな口でクナーファを頬張った。

「もっちりとしっとりが混ざりあうためにシロップがあるんでしょうか。チーズまで甘みが染みていてとろんとしています。すごく甘いのにチーズの塩気と合っていて、いくらでも食べられそうです」

「それは作った甲斐がありました」

荘介は嬉しそうな笑顔を見せながら言葉を続ける。

「クナーファは高カロリーだから、イスラム教のラマダン時期にもよく食べられるお菓子なんだ。ラマダンというのは断食月のことで、日の出から日没まで断食する代わりに、夜にしっかりカロリーを取るんだよ」

お代わりしようと伸びていた久美の手がぴたりと止まった。

「どうしました、久美さん？」

「いえ、その……。高カロリーはちょっと……」

「そう言わずどんどん食べてください。焼きたてが一番美味しいですから」

「はあ、でも、あのう」

久美がしどろもどろになっていると店舗でカランカランとドアベルが鳴った。

「あ、お客様です！　私行かなくちゃ！」

久美は逃げるように店舗に出ていき、すぐに戻ってきた。

「おや、お客様は？」

「イートインスペースでお待ちです。ご予約の川島さん。どうしても今日、クナーファを召し上がりたいそうです」

荘介が店舗に顔を出すと、店の片隅にこぢんまりとしつらえられているイートインスペースに、定規で計ったように姿勢正しく座っている川島浩紀がいた。物音に気づき、その姿勢には不似あいな暗く淀んだ眼を荘介に向ける。

「いらっしゃいませ、店主の村崎です。ご予約は明日とうかがったのですが」

「どうにかなりませんか、もうタイムリミットは今夜なのです。私の破滅のときはすぐそこに迫っているのです」

「破滅のとき？」

そう聞きながら、荘介が浩紀の前の席に座った。久美が二人分のコーヒーを淹れて運んでくる。

「私は毎晩、娘が寝る前にお話を聞かせてやるんです」

「お話というと、童話ですか？」

「いえ、作り話ではありません。私自身の人生経験です。娘には作り物でない、本当の本物の人生を学んでほしい。だから作り話を聞かせたことは一度もありません。ですが、情けないことに私の人生は語りつくしてしまったのです。私の幼い頃からの栄光に包まれた思い出はすべて出しつくしてしまった。だから、新しい経験をしなければならない。どうしても今日！　今夜、娘に新しいお話を聞かせるために、なんとしても！」

浩紀はテーブルに両手をついて身をのりだした。興奮のためか目が充血している。

「落ち着いてください、川島さん。今、焼きたての試作品があります。それでよろしければ召し上がってください」

「本当ですか！」

「はい、すぐにお持ちします」

椅子に座りなおした浩紀は厨房に入っていく荘介の後ろ姿に釘付けだ。こんなにお菓子を待ちわびている人を見ることはめったにない。久美はありがたいやら興味深いやらで、浩紀をじっくりと観察した。

今日もやはり、仕立てのいい上品なスーツを着ている。走ってきたのかきちんとセットされていただろう髪が乱れている。椅子に立てかけられたカバンが今にも落っこちてしまいそうだ。そんなことにすら気づかない浩紀は、久美の視線になど、もちろん気づくはずもない。一心に厨房の方を見つめる姿に、エリートが時折見せる傲慢なほどの貪欲さが垣間見えた。良く言えば熱意がある。悪く言えば、強欲。そんな人物ではないかと思えた。

厨房から荘介が出てくると、浩紀は半分立ち上がるようにして、その目を期待にきらめかせた。

「お待たせしました。『蜂蜜入りの乱れ髪菓子』、クナーファです」

荘介がテーブルにクナーファをのせた皿を置くと、浩紀はカバンからさっと高級そうな大型のデジタル一眼レフカメラを取りだして、クナーファを写真に収めた。何度も角度を変えて高性能のカメラをかまえる浩紀を、荘介は硬い表情で見ている。目の前でクナーファが冷めていくのがとても辛いらしいと察した久美は、「あの！」と大きな声を出した。

「あの、どうぞ召し上がってください。温かいうちが美味しいですから」

「しかし、お話にリアリティを出すためには資料が必要ですから」

「でも、お菓子は美味しいときに食べた方が……」

言い募る久美と厳しい表情の浩紀の間に荘介がおだやかに割り入った。

「川島さん、写真を撮ったという経験も娘さんにお話しされるのですか？」

「いえ。私は写真が得意なわけではないですから、話すほどのことはなにも」

「では、今日はお菓子を食べたことを新しい経験になさるのですね？」

「そうですね。その経験を娘に聞かせてやろうと思います」

「食べどきの温かいお菓子を食べ損ねたという残念な経験を？」

浩紀はハッと我に返った様子で急いで椅子に座りフォークを手に取った。冷えていくクナーファの熱を逃すまいとするかのように、食べやすいようひと口大に切るようなこともせず、大きな塊のまま口に突っ込んだ。できるだけ多くクナーファを頬張り、眉間にしわを寄せて味わっている。

「ああ、これは美味しいですね」

その一言だけで感想を打ち切った浩紀に久美は唖然として思わず口が大きく開いてしまった。浩紀は残りのクナーファも飲み込んで満足した様子で頷いている。

「これで娘に話せることがひとつ増えました。今晩に間にあって良かったですよ」

「たったひとつだけですか？」

久美の問いに浩紀は首をひねった。

「お菓子を食べたというのは、ひとつの経験ですから。同じ話を何度もしたってつまらないでしょう。私はいつでも新鮮な感動を娘に与えたいんです」

「でも！　そのお菓子が出来上がるまでにはいろんなお話が詰まってるんですよ。お菓子を初めて作った人の思いとか、そのお菓子を食べてきた人たちの歴史とか、それから、えっと……」

「それは私自身の経験ではありません。娘に話すには値しません。娘のために私は自慢の父親でいなければならない。他の誰かの経験を語るのでは無責任だ」

頑として譲る気のない浩紀に久美はまだ言いたいことがあるのだが、うまく言葉にならない。それを引き継ぐように荘介が口を開いた。

「川島さんはどうして『蜂蜜入りの乱れ髪菓子』を食べたいと思われたのですか？」

突然の質問に浩紀は口をつぐんでしばらく考え込んだ。

「どうして……、と言われても。美味しそうだと思ったからとしか」

「では、どうしてこのお菓子のことをご存知だったのですか」

「ああ、それは『千一夜物語』を読んだからです。学生時代に文学青年を気取ろうとした時期があって、本を読み漁ったりしていたんですよ」

「本を読んだという経験が、『蜂蜜入りの乱れ髪菓子』を食べたいという気持ちを生んだのですね」

「そうです。私はその経験から今回の注文を思いつきました。やはり経験を積んでおくのは大切です。本で読んだものと現実のものはやはり違うのだということも、これで実証できました」

「このクナーファは川島さんが思い描いたものとは違ったのですね」

浩紀は慌てて取り繕うように言葉を継いだ。

「想像よりもずっと美味しかったですよ。熱々を食べるとは思ってもみなかったので驚きましたが」

荘介は腑に落ちた表情になるとふいっと視線をそらし、厨房に入っていった。突然の荘介の行動に浩紀は困惑して久美を見つめた。久美も困ってなにも言えず、ただ首をかしげてみせた。

待つほどもなく、荘介は戻ってきた。手には新しく切り分けたクナーファの皿を持っている。焼きあがりから時間がたち、すっかり冷めていた。

「川島さん、このクナーファも食べてみてください」

「これは食べどきをすぎたお菓子ですよね。食べたら娘に話してやれるような貴重ななにかが生まれるのですか？」

「どうぞ、食べてみてください」

荘介は珍しく強い口調で言うと、浩紀の前に皿を置いた。冷めたクナーファをじっと見つめてから、浩紀はフォークを手に取った。先ほどとは違い落ち着いてしっかりと味わって食べる。

「ああ、こちらの方が私が想像していた『蜂蜜入りの乱れ髪菓子』です。表面のカリッとした部分がしっとりしてきているからでしょうか。私はスポンジケーキのような生地を想像していたもので。この味はなんだか懐かしい。学生時代を思いだします」

浩紀がクナーファを見る目が優しくなった。味を記憶しようとしているようにも、思い出を噛みしめているようにも見える。

「その思い出は、お菓子を食べたからこそ出てきた気持ちです。『蜂蜜入りの乱れ髪菓子』を食べたいと思ったこと、今日初めて食べたこと。どちらも川島さんの実体験です。でも、お菓子を食べたいと思ったきっかけは『千一夜物語』の、川島さんが言う『作り話』の力です」

「そう言われれば……、そうですね」

「作り話ですが『千一夜物語』は川島さんを動かす原動力になった。想像から作られたものでも、誰かに強く影響を与えることができる」

「それはそうかもしれませんね」

「だから僕は娘さんに聞かせるお話を、実体験だけに限定する必要はないと思います」

浩紀はじっくりと、自分の中のなにかに問いかけているかのように視線を落とした。

しばらく静かな時間がすぎたが、出てきた言葉は自嘲気味なものだった。

「もし私がお話を作ったとしても、そううまくはいきませんよ。『千一夜物語』は名作だったから影響力もあるのでしょうが」

「名作かどうかはそれほど重要ではないと思います。お菓子を食べたいという影響を受けたのは読み手の、川島さんの想像力があったからではないでしょうか。ロボットに『千一夜物語』を読ませても、それはデータとして受け止められるだけでしょう。想像力こそが人を人らしくいさせてくれるものではないですか?」

「しかし作り話で終わらせると、私がどれほど価値のある経験を積んだか、娘が知ることがなくなるでしょう」

それまで黙って聞いていた久美が首をかしげた。

「川島さんは、娘さんのためじゃなくて、ご自分のためにお話を続けているんですか? ご自分が珍しい体験をしたと自慢するために?」

浩紀は驚いて目をしばたたいた。

「そんなことはありません。すべては娘の成長のためです」

「だったら伝えるのは、娘さんが自由に想像できるお話であればいいんじゃないですか? 実話でも、作り話でも」

浩紀は天井を見つめて、またしばらく考えていた。顔を正面に戻すと、真剣な表情で荘介に尋ねた。

「できるでしょうか、私にも。娘の想像力に私の作り話がなにかの影響を与えることができると思いますか」

「作ったお話のすべては無理かもしれませんね。しかし全部が無駄にはならないでしょう。先ほどお出しした温かいクナーファでは、川島さんの想像力に呼び掛ける力はなかった。けれど、僕にとっては意外なことに、冷めたクナーファは懐かしいという思いを呼び起こすことができた」

浩紀は真面目な顔で肩を縮めた。

「おすすめの温かい状態をけなしたようで、申し訳ない」

「謝る必要なんかないですよ。けれどお話を作るなら覚悟は必要になると思います。川島さんの作り話のどこに娘さんが着目してどんな影響を受けるか、それは話してみなければわからないでしょうから」

「いきあたりばったりですか」

「これはひとつの冒険の始まりです。何事も初めからうまくはいきません。失敗したり落ち込んだりするかもしれません。ですがそんな姿もきっと娘さんのためになると僕は思いますよ」

「カッコ悪い父親を見ることが？」

荘介は静かに首を横に振った。

「娘さんが見るのは一生懸命に努力して、失敗してもあきらめずになにかを続けていける、強い心を持った父親です」

浩紀は学生時代、必死に本を読んでいた頃の自分を思った。本から受け取ったイメージを、感動を思いだした。今なら、物語を通してあの頃の自分にもう一度出会えそうな気がした。あの頃のまっすぐな熱意を取り戻して娘に見せてやれるような、そんな気がしていた。

もうひと口クナーファを頬張ると、たしかに懐かしい『千一夜物語』を、遠いアラブの香りを感じることができる自分がいた。

コーヒーを飲み干すと、浩紀は力強く立ち上がった。

「ありがとうございます。とても懐かしくて美味しかった。私も物語からいろいろな気持ちをもらっていたのを思いだしました。その気持ちにつき動かされた経験も。もう、実体験にこだわりすぎて焦ったりするのはやめます。作り話であったとしても、娘がいつか思いだして懐かしいと思えるなにかを語ってやろうと思います。娘に嫌がられてもやめません」

熱意溢れる浩紀の言葉に、「いや、そこはやめてあげて」と久美は小さく呟いた。

会計を済ませ、去っていく浩紀の背中を二人で見送る。髪を振り乱して店に駆け込んできたのが嘘のように、颯爽と歩いていく。

「なんだか見栄っぱりなお父さんでしたね」

久美が神妙な顔で呟くと、荘介は浩紀が去っていった方を見つめたまま答えた。

「いいお父さんだと思いますよ、娘さんと過ごす時間を大切にしていて」

「でも、今日の川島さんみたいに慌てていたり、娘さんのために必死だったりする姿を見せられるのが家族のいいところなんじゃないかなって思うんですけど」

「久美さんの家族観は大らかでいいですね」

そう言って微笑む荘介の横顔を見つめた久美は、荘介にとって理想の家族ってどんなものだろうと、ふと思った。

＊＊＊

「……クロネコは名前を失くしてしまったお姫さまに言いました。『お姫さま、あなたが誰だかボクは知っています。だけど、ボクがそれを教えてしまったら呪いはとけなくなってしまいます。あなたは自分の手で取り戻さなければなりません、あなたがなくした、あなた自身の名前を』。お姫さまは心細くて泣きそうになりました。けれど、ぐっとこらえました。そしてクロネコに見送られ歩きだしました。たった一人で。だけど上を向いて堂々と歩きました。自分の手で自分の名前を取り戻すまで、決してあきらめないと心に誓って」

自分で作った物語を語りながら、浩紀はドキドキしつつ娘の顔をチラリチラリと盗み見ていた。最初は慣れない童話風の物語に戸惑っていた様子の娘だったが、次第にのめり込み、瞳を輝かせて聞き入った。

浩紀は物語を作るという新しい経験を心から楽しんでいる自分に驚いた。そして、その経験を共有してくれる娘が、自分が作った物語を喜んでくれていることに感激した。

「パパ、それでお姫さまはどうなったの？　名前を取り戻せたの？」

話の続きをせがまれた浩紀は、ぐっと言葉に詰まった。物語はまだここまでしかできていないのだ。

「ねえ、パパ。もっとお話して」

そう言われて浩紀は思いだした、『千一夜物語』を締めくくる言葉を。これこそ自分の読書経験の一番の収穫だ。そうだ、この言葉があったからこそ、自分はあの長い長い物語を最後まで読み通すことができたのだ。浩紀はその魔法の言葉で今日のお話を締めくくることにした。

「続きはまた明日。明日はもっと面白いよ」

焼きもち焼きの焼きまんじゅう

「ゆ・き・え・さん」

呼ばれて由岐絵(ゆきえ)が振り返ると、大根を積んだ台の側に秋らしいジャケットを着た久美が立って小さく手を振っていた。

「あら、久美ちゃん、いらっしゃーい！　今日もかわいいわね」

えへへへ、と久美は照れ笑いした。

「今日はなに？　お遣い？」

「隼人(はやと)くんに会いに来ちゃいました」

「わあ、隼人よかったねえ、久美お姉ちゃんが遊んでくれるって」

由岐絵は、床に座り込んでウサギのぬいぐるみで遊んでいた息子を抱き上げて久美に近づいた。

「隼人くーん、今日もかわいいねえ」

久美は目を細めて隼人の頭をぐりぐりと撫でる。息子をかわいがってもらって由岐絵は嬉しそうだ。

由岐絵は八百屋『由辰（よしたつ）』の女将で安西（あんざい）由岐絵という。『万国菓子舗　お気に召すまま』の店主、荘介の幼馴染だ。十年ほど前に代々続く八百屋を継いでから、女手ひとつで店を切り盛りしている。店を手伝いたいと言う夫の紀之（のりゆき）をとっとと会社に送りだし、朝早くから夜遅くまで一歳になる息子をわきに抱えて一人でキビキビと働いている。キップの良さと、気持ち良く響く大きな声に呼ばれて、買い物客はひっきりなしに訪れる。

『お気に召すまま』で使う野菜や果物のほとんどは由岐絵が仕入れてくれる。友人割引は一切きかない明朗会計だが、質の高いものを驚くほど安く持ってきてくれる。

由岐絵は目利きと値切りの腕は超一級と、いつも自慢して胸を張っていた。

「隼人くんのよだれかけ、かわいいですね」

久美が、隼人の首に巻いてあるヒヨコの刺繍（ししゅう）が入った水色のよだれかけをツンツンとつつくと、由岐絵はますます嬉しそうな顔になった。

「よくぞ気づいてくれました！　それね、私の手作りなの、手作り」

「えー、由岐絵さん、器用ですね！　お店で売れますよ、これ」

「でっしょー。ちょっと量産して店に並べようかな。サツマイモと一緒に」

「大人気になると思います！」

由岐絵は照れ半分、自慢半分といった笑顔だ。

「もう、久美ちゃんは褒め上手だなあ。よし、お姉さんがいいものをあげよう」

そう言うと、店の奥から果物の絵が描かれている紙袋を持ってきた。

「ブドウですか？」

「巨峰だよー。馴染みの農園さんから味見にっていただいたんだよね、三袋。ひとつ持っていきな。味が濃くてジューシーだよ」

「ありがとうございます！　由岐絵さんが褒めるなら、相当美味しいんでしょうね」

久美は遠慮なく紙袋を受け取って、中を覗き込んだ。つやつやした紫紺の玉がぎっしり詰まっている。

「宝石みたいですね」

「巨峰は木の上の宝石か、メルヘンだねえ。そうだ、久美ちゃん。荘介にいい出物があるって伝えておいてよ」

「お伝えしたいのはやまやまですが、荘介さんは私がお昼休みから帰るとすぐ姿を消すことが多いんですよねえ。日中は私一人でお店をやってるみたいな感じですもん」

「一人でお店か。ねえ、それってさ……」

「なんですか？」

由岐絵は普段のサバサバした様子とは違い、もの憂げに目を伏せる。そんな由岐絵の姿を見たことがない久美は、驚いて目をぱちぱち瞬いた。

「いや、なんでもないよ」

由岐絵はいつもどおりの笑顔で久美を見送った。


そのあと、噂の荘介が昼下がりの商店街を、ふらりと『由辰』までやって来た。

「あら、荘介。久美ちゃんから伝言を聞いたの？」

「伝言？　いや、久美さんからはなにも聞いていないけど」

「やっぱり久美ちゃんに見つからないうちにサボりに出たのね」

「サボるだなんて人聞きが悪いなあ。散策中とでも言ってくれないかな」

「どう言ったって仕事をしてないことには変わりなし。キリキリ働きな」

「相変わらず厳しいね、由岐絵は」

店の奥にパイプ椅子を置き、どっしりと座っている由岐絵は、隼人を膝に抱いて遊ばせている。荘介は手を振ってみたが、隼人はお気に入りのウサギのぬいぐるみに夢中で気づかない。最近よちよち歩きを始めたのだが、寂しがり屋なようで、由岐絵が見えなくなる場所まで歩いていってしまうことはない。由岐絵は安心して、店で隼人を遊ばせることができた。

「せっかくだから、荘介に仕事をあげるわ」

荘介の笑顔は崩れないが、わずかに右の眉がぴくりと動いた。由岐絵はそれを見逃さず、冷たい視線で荘介を見据えた。

「ほらまた、どうやって逃げようかって考えてる」

「逃げるだなんて。ちょっと急用を思いだしただけだよ。それじゃ」

足早に去ろうとする荘介の背中に、由岐絵が声をかけた。

「今日はいいじゃがいもが入ったんだけどなー。ポテチにしたらおーいしーいと思うんだけどなー」

お菓子の名前を聞くと、すぐに荘介は回れ右をして店先の台に積まれているじゃがいもを手に取った。

「あれ。このじゃがいも、トヨシロだね。加工用に使われるのが主でしょう。八百屋の店頭で見るのは珍しいね」

由岐絵はため息をついてがっくりと項垂(うなだ)れた。

「発注間違いしたのよ。扱いやすい十勝(とかち)こがねを入れようと思ってたんだ。だけどほら、うちは産地直送でしょ。今の時期は北海道の農家さんから仕入れてるんだよ。今回お願いした農園のご主人のなまりがきつくてさあ。意思疎通が難しかったのよ」

プッと吹きだした荘介を見て由岐絵はちょっとにらんでみせたが、すぐにまたため息をついた。

「あれ、元気ないね。いつもなら僕が笑ったら、がーっと怒るのに」

「そんなことないわよ。元気、元気！　ほら、何キロいる？」

隼人を肩にかついで勢いよく立ち上がった由岐絵は、大股でのしのしと店頭まで出てきた。荘介の答えを聞かず、ほいほいと段ボール箱に大量のじゃがいもを詰めていく。

荘介は苦笑いで、由岐絵のいつもどおりの大胆な接客を眺めた。

「何十キロもいらないんだけど」

「大は小を兼ねるのよ。あんたならポテチ以外にもなにか作れるでしょ。安くしとくから持っていきな」

「そうだね、もらっておこうかな。何日かじゃがいも祭りでいこう」

「そうこなくっちゃ」

由岐絵は一抱えある段ボールに、ぎっしりとじゃがいもを詰めた。

「配達するよ。何時に届けようか」

「いいよ。今もらっていく。由岐絵は隼人の子守があるでしょう」

荘介の言葉に、由岐絵は急に眉をひそめた険しい顔になった。

「子守しながらでも仕事の手は抜かないよ」

いつもなら「助かったわー」と明るい答えが返ってくるのに、今日の由岐絵は地に沈んだかのような低い声で、迫力をもって荘介に言った。荘介は困惑しつつ「でも」と言葉を続ける。

「現実問題として、隼人を連れて十キロ以上の段ボールを抱えてうちの店まで来るのは無理じゃない」

「隼人はおぶればいいもん」

「もうおんぶできる体重じゃないんじゃない？　それにその段ボールだって女性の腕で運ぶには重いでしょ」

「なに言ってるのよ、おんぶはまだまだできるんだから！　見てなさいよ」

由岐絵はいつもとは違う剣のある目つきで店の奥に戻ると、隼人をおんぶ紐で背中に括りつけた。

「いいってば。だいたい、留守にしたらお客さんが来たときに困るよ」

荘介は、由岐絵が手を伸ばす前に段ボール箱を抱え上げた。由岐絵は今まで聞いたことがないほど大きな声を出した。

「ぐだぐだ言ってないで段ボールを寄越しな！　私が運ぶんだから！」

「でもね……」

二人が言いあっていると、二階の住居から四十年配の男性が下りてきた。

「どうしたの、由岐ちゃん。大声出して」

「なんでもない。紀之（のりゆき）は上にいて」

「あれ、荘介くん。いらっしゃいませ」

由岐絵のドスのきいた声にも動じず、由岐絵の夫、紀之は明るい笑顔で挨拶した。

その自由気ままな紀之の声とクマのゆるキャラのような見た目のおかげか、場の雰囲気が少しほぐれた。

「こんにちは、紀之さん。今日はお休みですか」

「そうだよ。最近はシフトが平日休みばかりなんだ」

紀之が勤める電子部品工場は年中無休で、社員はシフト制で休みを取っている。管理職にある紀之は、他の社員が休みやすいように自分の希望はできるだけ入れない。

そんな気遣いのおかげか、紀之の部署は社員みんな仲が良いらしい。由岐絵が折々、自慢げに話していた。

「あ、じゃがいもだ。たくさん買ってくれたんだ。由岐ちゃんが仕入れすぎたって心配してたんだよね。ありがとう、荘介くん」

「紀之、黙ってて」

「由岐ちゃん、たまには俺が配達に行くよ。由岐ちゃんは店番よろしくね」

「配達は私が……」

「行ってきまーす」

由岐絵の言葉を軽くかわして、紀之は段ボール箱を奪うように荘介から受け取ると、さっさと歩いていく。紀之の背中と由岐絵の険しい顔を交互に見ながら、荘介は紀之のあとについていった。

「荘介くん、由岐ちゃんがキツかったでしょ。ごめんね」

「いいえ、大丈夫です。それより、なにかあったんですか？」

「うーん。なにかあったといえばあったし、なかったといえばなかったかな」

はぐらかしているのか、天然なのかわからない紀之の言葉に、荘介は質問を続けていいものかどうか迷って黙ってしまった。しばらく鼻歌を歌っていた紀之は、唐突に先ほどの言葉の続きを口にした。

「由岐ちゃんさ、いつもみたいに、うちの母とやりあってるんだよ。母はまだ、俺が安西家の養子に入ったのが気に食わないって言い続けてて」

「ああ、お姑さんと。それにしても、いつもより迫力がありましたね」

紀之は明るくあははは、と笑い飛ばす。

「母がとんでもないことを言いだしたんだよ」

「とんでもないこと？」

「隼人を養子に寄越せってさ」

「……それはまた、なんというか」

紀之は楽しそうにあははは、と笑うと、また鼻歌を歌いはじめた。その様子を見ると事態はまだそれほど重くもなさそうだが、人が変わったかのような由岐絵の様子を思い返すと、逼迫したものがあるのではないかという気もした。

紀之の実家は群馬の旧家だ。日本一暑いとも言われる町で、紀之は大切に育てられた。一人っ子の紀之が家を継ぐものと両親が疑わずにいたところに、紀之は突然、安西家に婿入りすると宣言したのだ。由岐絵が実家の八百屋を継ぐために福岡から離れないと決めたときに、紀之は即座に婿入りを志願した。紀之の母親は大反対して、今でも頑として結婚は認めないと言い続けている。

店にたどりつき荘介がドアを開けて紀之を中に通すと、久美が笑顔で出迎えた。

「いらっしゃいませ、安西さん」

「はーい、こんにちは。お届けに上がりましたよ」

段ボール箱を受け取ろうとする久美の横から、荘介が手を伸ばす。

「久美さんにはこの重さは無理ですよ」

「あら、そんなに重いんですか？　安西さんが軽々と持っていたから、すごく軽いのかと思いました」

荘介は段ボール箱をゆすって重さを確かめた。

「二十キロはあるんじゃないかな」

久美が目を丸くする。

「そんなに？　安西さん、力持ちなんですね」

「毎日、隼人を抱いて鍛えてるからだよ」

「じゃあ、由岐絵さんも同じくらい力持ちなんですね」

「んーん、それほどでもないだろうな。赤ん坊は自分でしがみついてくれるけど、段ボールはそうはいかないからさ」

厨房に段ボール箱を置きに行った荘介が戻ってきて、紀之に椅子をすすめた。紀之は、久美が淹れたお茶を遠慮なく飲み干す。

「でもさ。俺の前だと由岐ちゃん、あんなに感情的にはならないんだよね。やっぱり幼馴染って特別なのかな。荘介くんと由岐ちゃんは二十年来の友達なんだもんね」

少し寂しげに笑う紀之に、荘介は曖昧に答える。

「遠慮がないっていうだけでしょう。昔から喧嘩はしてきましたし」

「喧嘩するほど仲がいいってさ、言うよね」

冗談めかしているが、紀之は本当に寂しがっているようだと久美は感じた。

「紀之さんと由岐絵さん、喧嘩はしないんですか？」

「一度もない」

「本当に仲良し夫婦なんですね」

明るく言う久美に、紀之は軽く肩をすくめて笑ってみせた。

「俺に気を使ってるのかもしれない」

紀之の気持ちはなんとなく久美にもわかった。おたがいに大切に思いあっていればこそ、ぶつかりあってでもわかりあいたいと思うときだってあると思うのだ。胸の底に眠っている本当の気持ちを知りたいと思うことが。久美はまだ経験したことはないけれど、いつか近いうちに、その日がやって来るような気はしている。久美の視線がなんとなく荘介の方を向いた。

今、荘介はどんなことを考えているのだろう。誰かの気持ちを心の底まで全部知りたいと思ったことはあるのだろうか。あるなら、それは誰だったのだろう。久美が聞いたら教えてくれるだろうか、それとも本音を教えてはくれないだろうか。

久美の視線に気づかずに、荘介は紀之と話し続ける。

「由岐絵が気を使うなんてあり得ないですよ。いつでも猪突猛進ですから」

荘介は紀之を慰めるでもなく飄々(ひょうひょう)として言う。はっきりと言いきるその姿はすがすがしくて、久美の沈みかけていた気持ちが上向いた。

「紀之さんの天然っぷりのおかげで喧嘩にならないんでしょうね」

「そう思う？」

「はい。かなり高確率であたりだと思います」

「確率論で来たか」

荘介の言葉に紀之は、あはははーと笑って立ち上がった。もう、寂しそうにしていた影も見せない。

「じゃあ、帰ろうかな。久美ちゃん、お茶、ごちそうさまでした」

久美も気を引き締めて仕事の顔を取りもどした。

「由岐絵さんに、支払いはいつもどおり月末締めでと伝えてもらえますか」

「あ、支払いのこと忘れてたよ、あははは。知らなかったな、うちは掛け売りもしているんだね。了解、伝えとくよ」

明るい笑顔で手を振って、紀之は店を出ていった。

「安西さん、お店のことは全然知らないんですね。お手伝いしないのかな」

「由岐絵は頑固だからね。一人で店を経営するっていうことにこだわって手を出させないんじゃないかな。『由辰』を継いだときに、一人でいい、人手はいらないって言いきっていたから」

「隼人くんもいるし、大変なんじゃないでしょうか」

「そうだね。パンクしないといいけど」

紀之が歩いていったあとを、二人は心配げに眺めた。


紀之が店に戻ると、由岐絵が眉間に深い皺を刻み、腕組みして仁王立ちしていた。

「どうしたの、由岐ちゃん。かわいい顔が台無しだよ」

眉間に人差し指をつけてぐいぐいとほぐそうとしてくる紀之から逃げようと、由岐絵は顔をそらす。どちらを向いても紀之は右に左にステップを踏んで由岐絵の顔の正面に立つ。結局、由岐絵は紀之の手首を握って顔から遠ざけた。

「紀之、隼人を連れて二階に行ってて」

由岐絵の足につかまって立ち遊びをしている隼人を紀之が抱き上げた。隼人は機嫌よく紀之の顔をぺちぺちと叩いている。

「どうしたの。なにかあった？」

「お義母さんが来るのよ」

「へ？」

間の抜けた声を出す紀之の顔を鋭い目つきで見据えて、由岐絵は腹の底から湧いたような低い声で話す。

「お義父さんから電話があったんだ。どうやら朝早くに群馬を出たらしい。来るならそろそろだわ」

「いつも突然だな。由岐ちゃん、対応は俺がするから隼人を連れてどこかに出かけておいでよ。『お気に召すまま』にいてもいいし」

「いいえ！　私が話します！」

決然と言いきった由岐絵の視線の先に、商店街の入り口に立つ紀之の母、高橋カツ子の姿が映った。由岐絵はますます表情を硬くしてカツ子を待ちかまえた。

「由岐絵さん、お久しぶり。お元気そうでよかったわ」

「お義母さん、いらっしゃいませ。突然で驚きました」

和服をピシッと着込んだカツ子は、ふくよかな風貌に似合わぬ鋭い目つきで、大柄な由岐絵を見上げる。由岐絵はその視線を堂々と受け止めて不敵な笑みを浮かべた。

「うちは散らかしているものですから、どこか近くでお茶でも」

「気にしないで。すぐ帰るから」

「へ？」

拍子抜けした由岐絵が紀之とよく似た間の抜けた声を上げると、カツ子はいかにも楽しそうに言葉を続けた。

「今日は隼人を迎えに来ただけなのよ」

「は？」

「隼人はうちの子にしますから」

途端に由岐絵の頭に血がのぼり、顔が真っ赤になる。

「養子なんてとんでもないって何度も言ったでしょう。お断りします！」

今にも吠えそうな勢いの由岐絵の肩を押して下がらせながら、紀之が母親の言葉を押しとどめようとした。

「母さん、立ち話もなんだから、とりあえず、二階に……」

「黙らんけぇ、紀之」

方言が出たカツ子の迫力ある一喝に、紀之は子どもの頃からの習慣でぐっと言葉を飲み込んだ。

「私は由岐絵さんと話してるんさ。おめぇは黙ってな」

「でも……ほら、ね、母さん。目立っちゃってるんだよね」

カツ子は辺りを見回して、言いあう二人を道行く人がじろじろと観察しながら通りすぎていくことにやっと気づいたようだ。

「……じゃあ、ちょっとお邪魔しましょうか」

今度はさすがに由岐絵も嫌とは言えず、カツ子を店の奥に通した。二階への階段を上ろうとしたカツ子は、階段の下に押し込まれているこんにゃく屋の名前が入った段ボール箱に気づいた。蓋はぴっちりと閉じられたままで、剝がされなかった送り状まで残っている。

「てぇー、由岐絵さん。いくら私を嫌ってるからって、送った荷物を開けやしねぇってどういうことさ？」

「開けなくても中身はわかってますから。ベビーフードでしょ。うちでは使いませんから。隼人の食事はぜんぶ私が作ります」

「なに言ってるん。ベビーフードの方が栄養価も考えられてるし衛生的だし……」

「うちにはうちのやり方があるんです。私は隼人には絶対に手作りのものしか食べさせません！　ベビーフードは迷惑なんです！」

カツ子は目を三角にして抱えていた紙袋を由岐絵に押し付けた。覗いてみると中身は真空パックの焼きまんじゅうだった。由岐絵は紙袋をカツ子に押し返そうとしたが、カツ子は頑として受け取らない。

「紀之の好物だから持ってきたんさ。由岐絵さんに食べてくれとは言わないわ」

「うちでは出来合いのものは使いません。紀之さんの食事だって全部手作りしてるんですからね」

「手作り手作りって、そんなに手作りがいいだら、焼きまんじゅうも由岐絵さんが作ったらいいわ。そのパックのものより美味しいのは作れんだがね！」

「美味しい焼きまんじゅう、手作りしてみせようじゃないの！」

腰に手をあてて胸を張った由岐絵を、カツ子は鼻で笑う。

「そう。なら私もひとつごちそうになろうか。さあ、作ってみせ、作ってみせんか」

由岐絵の目が宙をさまよう。横あいから紀之が口を挟む。

「そんなに急には無理だよ、母さん」

「そうなん。じゃあ、いつなら作れるん」

「店もあるし、由岐ちゃんだって忙しいんだし……」

「明日！」

紀之の言葉をさえぎって由岐絵が大きな声で宣言した。

「明日、作ります！　食べに来てください！」

カツ子はにやりと笑って由岐絵に背を向けて歩きだす。

「そんなら明日の朝また来るわね。美味しい焼きまんじゅう、楽しみにしてるさぁ」

捨て台詞を残して去っていくカツ子の背中が見えなくなると、由岐絵の肩から力が抜けた。両目にみるみる涙がたまり由岐絵はぼろぼろと泣きだした。

「わ、由岐ちゃん、大丈夫？」

めったに泣くことなどない由岐絵の涙に狼狽した紀之はおろおろと左右を見回し、隼人を下におろすとティッシュを箱ごと取り上げた。涙を拭いてやり鼻をかませてやり肩を抱いてやると、由岐絵は少し落ち着いたようでぐずぐずと鼻をすりながらもなんとか泣きやんだ。

「ごめんね、由岐ちゃん」

由岐絵は赤くなった目で紀之を見つめた。

「紀之のせいじゃない」

「でも、うちの母親に結婚を納得させられていないのは俺のせいだ。あげくの果てに由岐ちゃんを泣かせて。俺は亭主失格だな」

「そんなことない、紀之は悪くない。私は大丈夫だから」

「大丈夫じゃないよ。疲れたんじゃない？　隼人の面倒は俺が見るし、店番もしておくよ。だからちょっと休もう」

「大丈夫だってば。私は一人でやれる！」

頑なな由岐絵を困り顔で見ていた紀之は、由岐絵が抱えている紙袋を指さした。

「明日、焼きまんじゅうを作るなんて言っちゃって、由岐ちゃんは焼きまんじゅうを食べたことあるの？」

「ない。ないけど作るから」

「じゃあ、練習しないとね」

ほがらかな笑顔を浮かべた紀之を、まだ涙目の由岐絵はすがるように見つめた。

「紀之、焼きまんじゅうの作り方知ってる？」

「いや、俺は食べる専門だから。でも作り方なら作る専門の人がいるじゃないか」

由岐絵はハッと顔を上げた。

「ほら、早く行っておいで。あとのことは俺に任せて」

「うん。行ってきます！」

「いってらっしゃーい」

紀之は隼人の手を握って振りながら、走っていく由岐絵をのんびりと見送った。


「荘介！　荘介は？」

『お気に召すまま』に駆け込んだ由岐絵はショーケースにしがみついて身をのりだした。眼のふちを赤くした由岐絵のただならぬ様子に驚いた久美が口をきけずにいると、由岐絵はさらにぐいっと前のめりになる。

「荘介はどこ！」

「荘介ならいつもどおり放浪中だぜ」

イートインスペースの方を振り向いた由岐絵は、声をかけてきた男性に噛みつくような勢いで叫び返した。

「なんで荘介がいなくてあんたがいるのよ、班目（まだらめ）！」

「なんでと言われてもなあ。いつもどおりの光景じゃないか」

班目と呼ばれた男性はゆったりと答える。荘介、由岐絵と幼馴染の班目太一郎（たいちろう）は、ほぼ毎日『お気に召すまま』に入りびたっているのだ。フードライターを生業にしているのだが、イートインスペースに長居して記事を書き上げるのは常のこと。長身で体格がいい班目がいると、こぢんまりしたイートインスペースの椅子やテーブルがさらに小さくなったように感じる。

　そんな班目は久美をからかうことを日課にしているのだが、今もその途中だったのだろう。頬にニヤニヤ笑いが残っている。由岐絵はしばらく班目の顔を無表情に見つめていたが、急に両手で顔をおおってしゃがみ込んだ。

「おい、由岐絵、どうした？　気分でも悪いのか？」

　班目は慌てて立ち上がり由岐絵の肩をつかんだ。久美もショーケースの裏から出てきて由岐絵の側にしゃがみ、顔を覗き込む。

「由岐絵さん、泣いてる……んですか？」

「おいおい、お前が泣くなんて。なにがあったんだ、話してみろよ」

　二人が代わるがわるに聞いても、由岐絵は小さく首を横に振るだけでなにも話さない。ただ膝に顔をうずめてじっとしているだけだった。

　久美と班目が困って顔を見合わせていると、カランカランとドアベルを鳴らして荘介が帰ってきた。

「荘介さん！　由岐絵さんが……」

「話は紀之さんから聞きましたよ。急いで帰ってきたつもりだったんだけど、待たせちゃったみたいだね。ごめんね、由岐絵」

優しい言葉をかけられて、由岐絵の涙はなお一層あふれだした。班目が背中をさすってやり、久美がハンカチを差しだす。由岐絵はしばらく泣いたあと、涙をぬぐいながら立ち上がり、子どもの頃のような素直な表情を見せた。

「焼きまんじゅうの作り方、教えて」

「うん、いいよ。じゃあ、厨房に行こう」

荘介に連れられていく由岐絵について、久美と班目も厨房に向かった。

「由岐絵さん、この紙袋はなんですか？」

くしゃくしゃになった紙袋を指さして久美が尋ねると、ずっと握りしめていた手を放して由岐絵は紙袋を久美に押し付けた。

「出来合いの焼きまんじゅう」

「焼きまんじゅうってなんですか？」

久美は紙袋をガサガサいわせながら真空パックを取りだした。ふくらみたりないパンのような、真っ白な生地をじっくりと観察している。そっぽを向き、まんじゅうを見たくもないらしい由岐絵に代わって、荘介が久美に説明してやった。

「群馬の名物だよ。小麦生地を発酵させたまんじゅうを蒸してさらに焼いて、甘い味噌だれをかけて焦げ目をつけるんだ。餡が入ったものもある。紀之さんの実家が群馬だからね、お母さんが今日、わざわざお土産に持ってきたんだそうだよ」

「お母さんって、由岐絵さんのお姑さんですか？」

由岐絵は苦い表情で頷いた。カツ子と由岐絵がうまくいっていないと前々から聞いていた久美はそっと尋ねてみた。

「やっぱりまだ仲直りはできていないんですか？」

「仲直りもなにも、あっちが私のことを嫌ってるんだもん。紀之の実家に結婚の挨拶に行ったときには泥棒猫って呼ばれたのよ。それ以来、私が連絡してもずっと無視」

「でも、お土産を持ってきてくれたってことは、仲直りしたいっていうことなんじゃないんですか？」

「違うのよ。焼きまんじゅうで懐柔して、隼人を群馬に連れていくつもりなの」

まんじゅう一つのことで大げさだと久美は思ったが、由岐絵はどうやら本気で言っているらしい。なんと言っていいかわからず久美は班目を見上げた。班目も困惑している様子で歯切れが悪い。

「お前、ちょっと冷静になれよ。今日は変だぞ。まんじゅうと子どもを交換って、おとぎ話じゃあるまいに」

「変じゃないわよ、冷静よ。私には焼きまんじゅうが必要なの。そうじゃないと今まで私がしてきたこと、全部嘘になっちゃうんだもん」

「なんだそりゃ」

「隼人は、母乳と手作りのご飯だけで育てるって決めてここまでやってきたの。ベビーフードなんかに頼らなくても大丈夫なんだから」

由岐絵はまた涙目になって黙り込んでしまった。子育て方針の話には独身の久美も班目もなにも言えず、ただ由岐絵を見つめることしかできない。

焼きまんじゅうの材料を並べ終えた荘介が、由岐絵の背中を軽く叩いた。

「ほら、作ろうか」

うながされて調理台の前に立った由岐絵は材料をひとつひとつ確かめていく。

小麦粉は国産の強力粉、天然塩、有機黒砂糖、無添加の赤味噌、みりん、どれも健康に良さそうだと納得して、由岐絵は荘介に頷いてみせた。

「生地は発酵させるんだ。本当は甘酒麹(こうじ)を使いたいんだけど、時間がかかるからね。今回はドライイーストを使うよ」

「麹は時間がかかるってどれくらい？」

「一日以上は寝かせるよ。そのあとも生地の発酵を二度繰り返すから、作り上げるのに二日近くかかるね」

「でも、それが昔ながらの自然な作り方なのね」

　由岐絵は喋っていてもぼうっとして覇気がない。

「焼きまんじゅうの専門店では、そうやって作っているところもあるよ。でも、ドライイーストだって自然のものではあるんだよ。イースト菌は生きているんだから」

「私は昔ながらの方法で作りたいの。時間がかかったって」

「でも由岐絵、お義母さんに食べさせるのは明日なんでしょ？　紀之さんがそう言っていたけれど」

「待ってもらうよ。ちゃんと作らないと意味ないもん」

「でも、明日食べさせると言った約束をやぶることになるんじゃゃない？」

「じゃあ、どうしろって言うのよお。簡単に作ったものは嫌なのよ、私は」

　弱々しく呟く由岐絵は相当まいっているようで、今にも倒れてしまいそうだった。ふらりふらりと上体が揺れている。久美は思わず由岐絵の腕をとって支えた。

「由岐絵さん、少し休みませんか。お菓子を作るのも体力がいりますもん。ちょっと休憩してからにした方がいいですよ」

久美に手を引かれて由岐絵はイートインスペースに戻り、椅子に腰かけた。心を落ち着かせてくれる温かいジャスミンティーを淹れてやると、由岐絵は立ち上る香りを顔に浴びようとするかのようにカップの中を覗き込んだ。温かさとやわらかな香りのおかげでほんの少し気持ちがやわらぐ。厨房から出てきた班目が、まだぼうっとしている由岐絵の前に座った。

「荘介が時間がかからなくても本格的なうまい焼きまんじゅうを作ってくれるってさ。もう少し待っていてやれ」

由岐絵は子どものように小さくこくりと頷いた。久美は班目の分のお茶も淹れてやってから、俯き続ける由岐絵の隣に座った。

「由岐絵さん、どうしてレトルトや、出来合いのものが嫌いなんですか?」

久美が聞いても由岐絵は顔を上げない。しばらく無言でいたのだが、お茶をひと口すすってからぼそぼそと話しだした。

「レトルトが嫌いなわけじゃないよ。私だって冷凍食品やらカップラーメンやら食べて生きてきたんだから。とくにうちは八百屋なんてやってるから両親とも忙しくて、レトルト食品はよく食卓に上ってたんだよ。でも、うらやましくてさ」

由岐絵はチラリと久美を見上げた。

「久美ちゃんはずっと、お母さんの手作りおやつだったんでしょ？　私が小さい頃、同じクラスにそんな子が何人かいてね。うらやましかったんだ。だけど母におやつ作ってって言うのも恥ずかしいというか、忙しいのに申し訳ないというか。ずっと言えずにいたの。あとで知ったんだけど、うちの母親は不器用でお菓子作りなんて全然できなかったらしいんだよね。作って欲しいって言っても無理だったんだろうけど」

由岐絵はくすりと笑った。

「だからさ、私は隼人にはなんでも手作りを食べさせてやりたいの」

「それでお前が疲れ果てていたら、なんにもならんだろうよ」

班目に言われて由岐絵は小さく頷く。

「でも決めたからね、私。決めたことはやりぬかなくちゃ」

由岐絵の頭をぐいぐいと撫でて、班目はため息をついてみせた。

「まったく、お前は昔から変わらず頑固で真面目すぎなんだよ。少しは久美ちゃんを見習って息を抜け」

久美は首をかしげて眉を寄せた。

「それって、私が不真面目だって言われてるように聞こえるんですけど」

「そうか？　気のせいじゃないか？」

「言っておきますけど、私はすごく真面目です。四角四面ですよ。荘介さんと違って働き者ですから」

「僕だって働いてます」

荘介が湯気をたてる焼きまんじゅうがのった皿を抱えて厨房から出てきた。

「荘介さん、もうできたんですか！」

「はい、熱々ですよ。由岐絵、食べてみて」

焼きまんじゅうは長い串一本につき四個ささっている。七センチくらいの角丸の円盤形で、たれをかけられ、こんがりと焼かれ、ところどころに焦げができている。香ばしい甘辛い香りが食欲をそそった。

香りに誘われた由岐絵は一本取り上げて豪快にかぶりつく。齧（かじ）りとったまんじゅうの断面はふんわり、ふっくらとしている。

由岐絵は口いっぱいに焼きまんじゅうを頬張ったと思ったら、あっという間に飲み込んでしまった。そうやってぺろりと一本たいらげ、元気になって笑顔を見せた。

「うん。やっぱり手作りは美味しいわ。それにこんなに早くできるんだったら言うことないわよ」

「そうだね、僕もそう思うよ」

「最初からこの焼きまんじゅうの作り方を教えてくれたらよかったのに」

「教えたら、食べてくれないと思って」

「なんで？」

荘介は神妙な面持ちで由岐絵の目を見つめた。

「これはお姑さんが持ってきた真空パックの焼きまんじゅうだから」

由岐絵はぽかんと口を開けていたが、しばらくしてすがるように尋ねた。

「そのまま焼いたんじゃないんでしょ？　こんなに美味しいのは荘介がなにかアレンジしたからなんでしょ？」

「いや、僕はただ説明書どおりにしただけだよ」

「なんでそれでこんなに美味しいのよ。ズルいわよ」

また泣きそうな由岐絵の手を久美がぎゅっと握る。班目が焼きまんじゅうを一本手に取りながら呟く。

「俺は美味しければ手作りでもレトルトでも、どっちでもいいと思うけどな」

「あんたはよくても私は嫌なの。手作りじゃないと気持ちが込もらないじゃない」

涙目でうったえる由岐絵をしっかりと見つめて、荘介は静かに語りかけた。

「この焼きまんじゅうにも心が込もっているよ。食べてくれる人のためを思って群馬の職人さんが作っているんだ。レトルト食品だってそうだよね。誰かが一生懸命、どうすれば美味しくなるか、どうすれば栄養価を損なわずに調理できるかを考えている。いつも衛生的に鮮度を保とうとしている。いろんな人がいろんな気遣いをしているよね。それは心を込めるのとは違うのかな」

「でも、じゃあ、私の気持ちはどうなるの？　私の気持ちはどこに込めたらいいのよ」

「それは由岐絵が一番知ってるんじゃないかな。小さい頃、お父さんとお母さんの気持ちを、たとえ手作りのおやつじゃなくても感じていたんじゃない？」

　由岐絵が幼い頃、両親は朝早くから夜遅くまで働いていた。父親が仕入れと配達、母親が店番を担当していつも忙しくしていた。食事時も家族全員が揃うことは滅多になかった。それでも由岐絵が食卓につくと、両親のうちどちらかは側についていてくれたのだった。寂しい思いをしたことは一度もなかった。

　今だって同じだ。由岐絵は寂しい思いをしたことがない。店にいて働いていても、いつも隼人が近くにいる。紀之も早々と帰宅して由岐絵の側にいてくれる。幼い頃のままに寂しさを知らずに生きている。由岐絵は、ふと顔を上げた。

「なんでもしてあげようっていうのは、本当は自己満足なのかもしれない。手作りにこだわってるのは、私が隼人と一緒にいる、隼人のためになにかしてやってるって思える時間を手放したくないからなんだろうね」

　久美は握った由岐絵の手から緊張が抜けていってやわらかくなったのを感じて、ホッと息をついた。荘介は由岐絵を叱るように少し厳しい口調になる。

「それで自分を縛り付けて身動きがとれなくなるなんて由岐絵らしくないよ。母親が自分のために手をかけすぎて倒れそうになっているなんて、隼人がそんなこと望むはずないじゃない。一人きりで、力みすぎなくてもいいんだよ」

　由岐絵は頷くと荘介の目をしっかりと見て普段どおりの力強い声を聞かせた。

「私、お義母さんとちゃんと話すわ。隼人の世話も紀之の手を借りる。レトルトのベビーフードも……、うん、たまには使おうかな」

「お前、まだ本当はレトルト使うの嫌なんだな」

　笑いを含んだ班目の言葉に、由岐絵は軽くジャブを繰りだしてみせる。

「どうせ往生際が悪いですよーだ」

　すっかりいつもの調子を取り戻した由岐絵を見て、荘介もいつもどおりののんきさでパンと手を打った。

「じゃあ、焼きまんじゅうを作ろうか」

　久美が驚いて荘介を見上げる。

「え？　焼きまんじゅうなら真空パックのものでいいっていうことで決着がついたんじゃなかったですか？」

「うん。でも由岐絵が約束しているからね。お姑さんには由岐絵の手作りした焼きまんじゅうを食べてもらわないと」

荘介の言葉に由岐絵は勢いよく立ち上がると、豊満な胸を張る。

「美味しすぎて気絶するくらいの焼きまんじゅうを作ってみせようじゃないの」

元気になった由岐絵は大股でのっしのっしと厨房へ向かった。


「まんじゅうの材料は小麦粉、塩、それと発酵種だけど、さっきも言ったとおり麴種は時間がかかるから、今日はドライイーストを使うよ。まんじゅうに塗る味噌だれは、赤味噌、砂糖、みりんを煮詰めて作る。まずはまんじゅうを作っていこう」

荘介は調理台の横に立ち由岐絵の指導にあたっている。由岐絵は袖まくりしてボウルをつかんだ。

「小麦粉と塩とドライイーストをボウルに入れてよくあわせて、中央にくぼみを作る。そこにぬるま湯を少しずつ加えて混ぜていく」

由岐絵は手作りにこだわり続けてきただけあってさすがに手際がいい。まったく危なげなく調理は進む。

「お湯を加えるのは全体があらかたボロボロと固まるくらいまででいい。あとは、捏（こ）ねている間に水分がいきわたってやわらかくなるから」

触るとまだ粉っぽい状態の生地を、ボウルに押し付けるようにして捏ねていく。

しばらくすると、生地はひとかたまりになり手に吸い付くほどのやわらかさになった。

「耳たぶくらいの硬さになったら、丸く形をととのえて、乾燥させないよう濡れ布巾をかぶせて発酵させるよ」

「作り方はパンとあまり変わらないね。発酵の時間はやっぱり、一時間くらい？」

「うん、そう。由岐絵はパンも手作りするの？」

由岐絵は粉がついた手を洗いながら機嫌よく返事をした。

「そりゃそうよ。なんでも手作りしたいんだもん」

「なんでも、って言うわりに隼人くんの服は既製品だよね」

「悪かったわね、裁縫ができなくて。でもスタイは手縫いだよ」

荘介は腕組みして首をかしげた。

「スタイってよだれかけの商品名のひとつじゃなかった？　手作り品を呼ぶには向かないんじゃないかな」

「いいじゃないのさ。スタイって言った方がナウいでしょ」

「ナウいときたか。三十年は前の言葉でしょう、それ。よく知ってるよね。もしかして年をごまかしてるのかな」

「黙らっしゃい。そういうこと言うなら荘介の頭の中の方がじじくさいよ」

「そんなことないよ。それなら僕なんかより久美さんの方がずっともっと古臭いことを知っているよ。まるでおばあちゃんの知恵袋みたいな」

「あ、そういうこと言う？　花も恥じらう女の子にそういうこと言っちゃうんだ。ふうん。久美ちゃあん、荘介がねぇえ！」

呼ばれて久美が厨房を覗くと、荘介がさっとやって来て久美の肩を押して店舗へと送り返す。

「え、あれ？　荘介さん？　なにか用事だったんじゃないんですか」

「大丈夫ですよ。由岐絵が寝言を言っただけですから」

久美をショーケースの裏まで送り届けていると、イートインスペースでノートパソコンを広げていた班目が、ニヤニヤしながら久美をからかいだした。

「久美ちゃんが盗み食いしないように厨房には立ち入り禁止なんだとさ」

「盗み食いなんかしません！　それより班目さん、お店で仕事をするのはやめてくださいっていつも言ってるじゃないですか」

「そうだっけ。じゃあ、厨房を借りて記事を仕上げるかな」

「もっとだめです！」

久美の気がそがれたことにほっとして荘介は厨房に戻った。

厨房では由岐絵が一人でさっさと味噌だれを作りはじめていた。

鍋に水、みりん、黒砂糖を入れて火にかける。

砂糖が溶けたら赤味噌を少しずつといていく。

とろみが出たらダマができないように丹念に混ぜ、一煮立ちさせて火を止める。

「由岐絵にはもう教えることはないみたいだから、僕はこれで」

裏口のドアに足を向けた荘介を由岐絵が冷たい声で呼び止めた。

「どこに行くつもりよ。最後まで責任もって見てなさいよね」

「でもね、なにもしないでいる時間ってもったいないでしょう」

「贅沢な時間の使い方じゃないのさ、なにもしないってのは。それにいつもお店に久美ちゃんを一人にしてたら、いつか見放されちゃうよ」

「見放される？」

「そうだよ。一人で働くっていろいろ抱え込んで大変なときも多いんだからね」

「由岐絵にもそんなことを思う繊細さがあったんだね」

「お黙り。荘介に比べたら大抵の人は繊細なのよ」

軽くため息をついて荘介は厨房の隅の椅子に腰かけた。

「すっかりいつもの調子が戻ったみたいだね、由岐絵」

「私はいつでもいつもどおりよ」

「そうだっけ」

「そうよ」

そう言って、けれど、由岐絵は荘介に向かって頭を下げた。

「力になってくれて、ありがとう」

顔を上げた由岐絵に荘介は優しく微笑んでみせた。幼い頃から変わらない、いつも側で由岐絵を助けてきてくれた笑顔だ。これからもきっと変わらない。


焼きまんじゅうの生地が倍くらいに膨らんだら蒸し上げていく。

まな板に打ち粉をして、まんじゅうの生地を等分に切り分ける。

丸く平べったく形をととのえたら、蒸している間にまんじゅうが膨らんでもくっつかないよう十分な隙間を開けて蒸し器に並べる。

数分蒸して火が通ったら取りだして四個ずつ串に刺す。

味噌だれを塗って軽く焦げ目がつくくらいまで焼く。

香ばしい匂いが厨房内に広がると、久美が様子を覗きにきた。

「すっごくお腹がすく匂いですね」

よだれを垂らしそうなほど真剣な表情で、久美は焼き上がっていくまんじゅうをじいっと見つめる。

「もうちょっと店舗の方で待っててね。もうすぐできるからね」

由岐絵は我が子に接するように大らかに答えた。久美は由岐絵のいつもどおりの様子に満足して、大人しく店舗に戻った。

それから大して待つほどもなく、由岐絵が店舗に顔をつきだした。

「二人とも、焼きまんじゅうできたわよ」

「待ってましたあ！」

「お、やっとおやつの時間だな」

久美と班目はいそいそと厨房にやって来た。

「私が作った焼きまんじゅうだからね、美味しいよ」

由岐絵が一串手渡してやると久美は目を輝かせて「いただきます！」と勢いよく焼きまんじゅうにかぶりついた。

「んー！　ふかふかのおまんじゅうに香ばしいたれがついてるの、最高です。焦げたところはカリッとしてて、あとのたれはじゅわーっととろけて食感が違うのがたまりません。甘辛い味で止まらなくなりますね」

由岐絵も自作の焼きまんじゅうを口にして、会心の笑みを浮かべた。

「すばらしいわ、さすが私。こんがり具合なんかプロ顔負けじゃない？」

自画自賛する由岐絵の手から焼きまんじゅうを奪い取って、班目があっという間に一本食べつくした。

「あ、班目！　私のまんじゅうになにをする！」

「なにって味見だよ、味見。それより、なんで三本しか焼いてないんだよ。四人いるんだからちゃんと四本焼けよ」

「串が三本しかなかったのよ」

「嘘つけ。どうせ俺に見せびらかしてからかうつもりだったんだろ」

「あら、するどい」

「お前は昔っからそういうやつだよ」

まんじゅうをもふもふと食べながら久美が口を開く。

「三人の中で最強なのは由岐絵さんですね」

「ふふん、私は誰にも負けないわよ」

荘介は苦笑いで胸を張る由岐絵に助言を送る。

「負けるが勝ち、とも言うからね。お姑さんに力押しで勝とうとするのはやめなよ」

「そ、そんなことしないわよ」

「どうだかね」

「しないわよ！」

由岐絵は力強く宣言して、明日は謙虚になろうと自戒した。


翌朝早くから由岐絵はまんじゅうを作り、カツ子を待ちわびていた。

「美味しすぎてギャフンと言うわよ、きっと」

自信満々な由岐絵を紀之は温かく見守る。今日は紀之が隼人のお守りと店番を一手に引き受けていた。いつもは由岐絵がつけている前掛けをつけ、隼人を抱いて店頭に立っている。そんな息子を遠くから見つけたカツ子は、急いで駆け寄ってきた。

「なんでまあ、紀之。おめぇが働いてんのさ。八百屋は由岐絵さんの仕事だんべ？　押し付けられたんかい？」

　紀之はほがらかにカツ子を迎えると店の奥に案内する。

「俺が立候補したんだよ、バイトするって。今日は俺が一日店長だ。ほら、由岐ちゃんが待ってるから二階に行ってよ」

　背中を押されてカツ子はしぶしぶ階段を上ろうとして、階段下にあった段ボール箱がなくなっていることに気づいた。

「お義母さん、お待ちしてました」

　階段上から由岐絵が呼び掛けるとカツ子は勢いよく階段を駆け上がった。階段を上ってすぐのダイニングで待っていた由岐絵の前に立ちふさがる。

「まっさか、由岐絵さん。昨日の段ボール、捨てたわけじゃあないだろうね」

　由岐絵は食卓を指さした。そこにはカツ子が送ったベビーフードがきちんと並べられていた。

「ベビーフード、ありがとうございます。私、意地になってました。疲れていても、どうしても手作りじゃないとだめだって。でも、これからはベビーフードも使わせてもらいます」

「ふん。わかればいーのよ」

「お義母さん、約束の焼きまんじゅう、今焼きますから待っててくださいね」

そう言うと由岐絵は蒸し器で保温していたまんじゅうを取りだして、味噌だれを塗って焼きはじめた。香ばしい匂いがダイニングに広がる。カツ子は鼻をひくひくさせて、朝食をとっていないすきっ腹が音を立てそうなのを必死にこらえた。

「お待たせしました」

大皿に積まれた何本もの焼きまんじゅうをカツ子は真面目くさった顔で見下ろした。

「見た目は、まあ、それなりにできているん」

串を一本取り慎重に匂いを嗅いでから、焼きまんじゅうに口をつけた。黙ってまんじゅうを噛みしめているカツ子を、由岐絵は心配そうに見ていた。

「どうですか？」

「ん、美味し……！　ま、まあまあだね。本場の味には遠く及ばねえけど、なんとか食べられるよ」

「ああ、よかったです」

強がりなセリフの中に思わず漏れた本音を聞いて、ほがらかに笑いながら由岐絵も焼きまんじゅうをひと口ほおばる。口の中にふわっと広がる優しい味が、頑なだった由岐絵とカツ子の心を溶かしていくようだった。由岐絵と目が合ったカツ子は、気恥ずかしげに小さく笑う。

「あんたの手作りも悪くねえわ」

「ありがとうございます」

カツ子の褒め言葉に素直にお礼を言った由岐絵に、カツ子は目を丸くした。

「今日はまったく謙虚じゃねえの。なにかたくらんでるのかいね」

「たくらみなんて、そんなものありませんよ。それより、焼きまんじゅうは出来たて焼きたての方がいいと思いません？」

カツ子はお土産に持ってきた出来合いの焼きまんじゅうをけなされたように感じて、ムッと口をへの字に曲げた。

「殊勝になったように見えたけど、見た目だけだね。気ぃが悪い人だよ。やっぱり由岐絵さんには隼人は任せられね、うちに連れて帰らぁ」

「はあ!?」

由岐絵は持っていた皿を食卓に放りだすと、大きな声で宣言した。

「隼人は絶対に渡しませんから！」

カツ子も負けず劣らずの大声でがなりたてる。

「隼人には高橋家を継がせる！　そう決まってるんさ！」

「勝手に決めないでください、そんなこと！」

階段から紀之がひょこんと首を出す。

「二人とも、声が大きいよ。店の外まで聞こえて……」

「紀之は黙ってて！」

「そうだよ、お黙り！」

声を揃えて言う二人に追い立てられて店頭に戻りながら「似たもの同士なんだよなあ」と紀之はため息とともに呟いた。

あの夏のうにあられ

冷たいビル風に髪を巻き上げられながら、久美は足早に『お気に召すまま』に向かっていた。今日は朝一番から荘介が配達で店を留守にするというのに、寝坊してしまったのだ。これでは、店にたどりつくのは開店時間ギリギリになってしまう。焦りがピークに達して久美は走りだした。

商店街を抜けて店までもう少しというところで、店のドアの前に立っている少年に気がついた。店の中を覗いてドアノブを握っているが、ドアには鍵がかかっているはずだ。開かないドアの前で少年は名残惜しそうに店の看板を眺めていたが、しばらくすると住宅街の方に足を向けた。

「待って！」

振り返った少年は髪を振り乱して走ってくる久美を見て、驚き足を止めた。

「待ってくださーい！」

久美はラストスパートをかけようと慣れないダッシュに挑戦し、盛大に転んだ。

「あいたたたた……」

「大丈夫ですか？」

少年は慌てて久美のもとに駆け付けた。アスファルトに膝をしたたかぶつけた久美はしばらく動けず、地面に手をついたまま唸り続けた。久美が顔を上げると、少年は手を貸して立たせてくれた。

「痛みはひどくないですか？　どこか動かせないところはありますか？」

てきぱきと質問されて久美は手足を動かしてみた。膝を擦りむき、非常に痛いという以外にはおかしなところはなさそうだった。

「大丈夫みたい、ありがとう」

そう言って一歩進もうとしたのだが、痛みで足を引きずることになってしまい、少年をさらに心配させた。

「僕につかまってください、送っていきます。どこへ行くんですか？」

ありがたく肩を借りて、久美は目の前の『お気に召すまま』を指さした。

「本当にごめんね、ケガの手あてまでさせちゃって」

「いいんですよ、勉強になりますから。僕、看護学科に通ってるんです」

「そうなんだ。じゃあ、将来は看護師さんだね」

「はい。もうすぐ卒業なんで」

　少年は久美をイートインスペースの椅子に座らせ、保冷材で患部を冷やし、包帯で簡易的なテーピングもしてくれた。小柄で見た目はまだ中学生くらいにも見えるのだが、看護学科がある学校というなら、おそらく高校生以上だろう。

「お茶でも出したいんだけど、ちょっと動けないみたい」

「無理したらだめですよ。応急処置だから、痛みが引かないようなら病院に行ってくださいね」

「ありがとう。プロの看護師さんみたいだね」

　少年は照れて俯いてしまった。素直そうな様子と、白いシャツの襟が覗く紺色のセーターにチノパンという服装のおかげか、ずいぶんと上品に見える。

　カランカランとドアベルを鳴らして今日初めての客が入ってきた。

「いらっしゃいませ」

　久美は慌てて立ち上がろうとしたが、痛みのせいで膝を伸ばせず足を引きずった。

「あらまあ、久美さん。どうしたの、ケガ？」

　客は常連の木内八重（きうちやえ）だった。茶道師範をしている八重は今日も和服で、おっとりと久美の側に寄ってきた。

「え、えっと、ちょっと転んでしまいまして」

八重はそっと手を伸ばすと、久美の膝にちょんと触れた。

「いったあ！」

「まあ、たいへん。ずいぶん酷そうねえ。今日はお休みしたら？」

「そういうわけにもいかなくて……。荘介さんが配達で留守だから、店番をしないといけないんです」

「あの……」

大人しく聞いていた少年が二人の会話に入り込んだ。

「よかったら、僕お手伝いします。立ち仕事をさせてください」

「え！　そんな、悪いよ」

「しばらく座っているだけでもずいぶん楽になると思います。それまでの間だけ」

「でも……」

渋っている久美に、少年は申し訳なさそうに尋ねた。

「あの、迷惑ですか？」

「ううん、迷惑なんて全然。だけど……」

八重が、また久美の膝をちょんと突っつく。

「いたっ！」

「ねえ、久美さん。今日はこちらの方に甘えたら？　この膝ではお仕事は無理よ」

久美が口を開く前に、八重は少年に向きあった。

「あなた、お名前は？」

「首藤瞬です」

「瞬くん。おいくつ？」

「十七です」

「じゃあ、アルバイトの経験もあるのかしら」

「はい。夏休みに海の家で働きました」

「それなら接客は大丈夫ね。ほら、久美さん。頼りになる助っ人だわ」

勝手にアルバイトの面接を済ませてしまった八重は満足して、また久美の膝を突っつこうと指を繰りだした。

「わかりました！　わかりましたから、突っつくのはやめてください！」

久美が慌てて止めると、八重はショーケースに歩み寄り、和菓子を指さした。

「それじゃあ、瞬くん、この落雁を十個いただけるかしら」

「はい、落雁ですね」

ショーケースの裏に回った瞬は、きょろきょろとその辺りを観察してから久美の側に戻ってきた。

「あの、久美さん……って呼んでもいいですか？」

「もちろん！　自己紹介もしなくてごめん。斉藤久美っていいます。瞬くんって呼んでも大丈夫かな？」

瞬はにこっと笑って「もちろんです」と言ってくれた。

「久美さん、側で指導してもらえますか？」

「うん、それは大丈夫だけど」

瞬は久美に肩を貸してショーケースの側まで連れていくと、椅子を一脚運んできて指示を出しやすいように座らせた。久美は戸惑いながらも、お菓子の扱い方や梱包の仕方、レジの打ち方を説明した。瞬は真剣な表情でしっかりと丁寧に仕事をこなしていく。

「ありがとうございました！」

落雁の包みを渡し終えた瞬が深々とお辞儀するのを見た八重は、うふふ、と久美に笑ってみせた。

「ほら、やっぱり優秀な助っ人だったわ。瞬くん、久美さんの代わりにがんばってね」

「はい！」

元気よく返事をした瞬に見送られて八重は機嫌よく帰っていった。店内に戻ってきた瞬に久美は深く頭を下げる。

「本当にありがとう、瞬くん。助かったよ。でも、本当に申し訳ないから……」

久美が言葉を終えないうちに次の客が店に入ってきた。

「いらっしゃいませ！」

瞬は意気揚々とショーケースの裏側に立った。

結局、次から次へと客がやって来て、立ち上がれない久美は瞬に働いてもらうしかなく、申し訳ない気持ちを抱えたまま時間はすぎていった。

やっと客が途切れた頃には仕事を覚えた瞬の動きも良くなり、久美の指示はほとんど必要なくなっていた。

「すごいね、瞬くんは有能だね」

「本当ですか！　良かった、お役に立てて」

「いろんなアルバイト経験があるの？」

「いえ、今年の夏、海の家で働いたのが初めてで、その一回きりです」

「それでこれだけ動けるなんて、本当に有能だ」

瞬は恥ずかしそうにしていたが、自慢げにも見えた。

「夏休みの一か月、ずっと住み込みで働いていたんで」

「一か月も。それじゃあ、アルバイト仲間と仲良くなったんじゃない？」

「いえ、僕が働いたところはおばあさんが一人でやっていて、アルバイトも僕一人だけでしたから」

「そうなんだ。じゃあ、寂しかった？」

「全然。おばあさんがすごく良くしてくれて、とても楽しい夏休みでした」

瞬はふと思いだしたというように顔を上げた。

「あの、お土産に持っていくのにいいお菓子って、どんなものですか？」

「それはシチュエーションに合わせるのがいいと思うけど。なんで？」

「おばあさんに会いに行こうと思ったんですけど、手ぶらじゃ行きにくくて」

「どうして？　瞬くんが顔を見せるだけで喜ぶんじゃない？」

困ったような顔で瞬は頬をポリポリと掻く。

「夏休みが終わって帰るときに、またすぐに会いに来るよって言ったんですけど、学校とかいろいろ忙しくなっちゃって会いに行けなくて。ヘンに間が開くと行きづらくて、結局冬になっちゃって」

「ああ、わかるなあ。年賀状の返事を出しそびれたときみたいな申し訳なさ」

「そうなんです！　だからお菓子でも持っていこうと思ってここに来たんです」

久美は驚いて立ち上がろうとして、痛みでまた椅子に体を戻した。

「そういえば、今朝うちの前にいたんだもんね。ごめんね、お客さんに働かせて」

「いいんです。人の役に立てると『生きてる！』って気がしませんか？」

「ふふふ、それもなんだかわかる」

顔を見合わせて笑った二人は妙な連帯感を覚えた。それは瞬の人懐こさからくるのかもしれないし、久美の共感力のおかげかもしれない。

「じゃあ、次は私が瞬くんの役に立つ番だね。お土産用のお菓子について助言をあげましょう」

久美は胸を張ってわざと偉そうに言ってみた。瞬はおかしそうにくすくす笑う。

「おばあさんに持っていくんだよね。その人の好きなお菓子がわかるなら、それが一番いいと思うんだけど。なにかある？」

瞬は天井を見てしばらく考えた。

「うにあられ、かなあ」

「うに味のあられ？　食べたことないけど、美味しそうだね」

「油で揚げたあられに、うにのペーストを絡めるんです。おばあさんが自分で作って、いつも切らさないようにしていたから、好物なんじゃないかと思うんだけど」

ショーケースをぐるりと見て、瞬は申し訳なさそうに呟いた。

「ないですね」

「任せて！　この店にないお菓子はありません！」

断言した久美を瞬は不思議そうに見つめた。そのとき、カランカランとドアベルを鳴らして、荘介が配達から戻ってきた。

「おかえりなさい、荘介さん！」

荘介は久美の包帯を見て目を大きく開いた。が、久美が元気よく笑っている様子にほっと息をついた。

「久美さん、スキップでもして転んだんですか？」

「スキップはしていません。走っていて転んだんです。それで、こちらの瞬くんに助けてもらったんです」

「ケガは大丈夫なんですか」

「はい。瞬くんがケガの手あてをしてくれました」

やっとショーケースの側に立っている瞬に目をやった荘介は深く頭を下げた。

「それはありがとうございました。久美さんがご面倒をかけましたね」

「いえ、そんな」

恐縮する瞬の腕をとって久美が明るく言う。

「お店の仕事も手伝ってもらっちゃったんです」

「そうですか」

荘介はポケットから名刺入れを取りだすと、瞬に名刺を手渡した。

「村崎荘介と申します。この店の店長です」

「首藤瞬です。お邪魔しています」

礼儀正しい挨拶に荘介は嬉しそうに頷いた。

「君が働いてくれたならお客さんも喜んだでしょう」

瞬は恥ずかしそうに笑って黙ってしまった。照れている瞬の様子を見ると、本当に素直で人に好かれるだろうということがわかる。

「働いてもらった分のバイト代をお支払いしますから、ちょっと待っていてください」

「いえ、そんな！　僕が勝手に言いだしただけなんで気にしないでください」

「そういうわけにはいきません。労働の対価はきちんと受け取らないとだめですよ」

「だけど……」

いかにも申し訳なさそうに、じりじりとあとずさりする瞬を見ていた久美が「そうだ」と明るい声を上げた。

「瞬くんから特別注文をいただいたんですよ。それをバイト代の代わりにできないでしょうか」

「それがいいです！　うにあられを作ってください！」

「うにあられ。それでは飛びきりのものを作らなければいけませんね」

荘介の言葉にほっとした様子で笑顔を浮かべる瞬を、久美は心の中で『かわいい』『かわいい』と大絶賛する。

「一人で海の家を経営しているおばあさんへのお土産にしたいんですって」

「海の家ですか。この時期に？」

首をかしげる荘介に瞬が説明する。

「夏は海の家もやっているんですけど、普段は民宿なんです」

「どこにあるんですか？」

「津屋崎（つやざき）です」

少年は近隣の町の名前を上げた。『お気に召すまま』がある福岡市からほど近い、海が美しいことで知られる場所だ。

「津屋崎には、うにの専門店がありますね。瓶詰の美味しいものが手に入る」

うにあられを食べたことがない久美が首をかしげた。

「生のうにじゃなくて瓶詰を使うんですか？　せっかく海の近くなのに」

「生うにでは水気が多いですから、あられに使うなら一度、塩漬けした方がいいんですよ。塩うにも手作りできるものですが、瓶詰を使うのが一般的でしょう」

「おばあさんも瓶詰のうにを使っていました」

思い出のうにあられの作り方にプロのお墨付きをもらって瞬は嬉しそうだ。

「手作りしていたのかな？」

「はい、作ってもすぐになくなるから、一週間に一度はあられを揚げていました。ほとんど僕が食べちゃってたんですけど」

食いしん坊な人が大好きな荘介は、楽しそうに頷きながら瞬の話を聞いている。

「あられに使うお餅は夏の間は僕が切っていました。包丁なんて使ったことなかったから初めは大変だったんですけど、慣れたらうまく切れるようになって。二センチ角が一番美味しいっておばあさんは言っていました」

久美は指で二センチほどの円を作ってみた。ひと口大としては結構大きい。

「民宿に泊まっている人にも大人気で、うにあられを食べたくて何度も泊まりに来ているというお客さんもいたくらいです」

「それはすごいな」

瞬は自分が褒められたかのように得意げに頷く。

「よろしくお願いします。おばあさん、最近はお餅を切るのが大変だって言っていたから、もしかしたらもう作っていないかもしれないし」

「それならより一層、美味しいものを作らないといけないね。ところで、あられ用の餅を乾燥させるのに一週間かかるんだけれど、大丈夫かな」

「はい。出来上がるのを待ってから訪ねることにします」

瞬は予約票を書き終わると、荘介がお礼にと手渡した焼き菓子を抱えて嬉しそうに帰っていった。


動けない久美に代わって荘介は閉店までずっと店にいた。滅多にない事態に、久美は申し訳なさとともに、ケガをするのも悪くないかもしれないと思う。

荘介はすぐに久美を家まで送り届けようと言ったのだが、その間店を閉めなければならないのがもったいなくて、久美は閉店まで厨房にいると主張した。そんな久美に見守られながら、荘介はさっそく、うにあられ作りに取りかかった。

店に出している餅を二センチ角に切り、ざるに広げて日あたりの良い窓辺に置く。

「はい、今日はここまで」

「え！　もう終わりですか！」

うにあられの仕込みを見られると楽しみにしていた久美は、三十分もかからず終わってしまった作業にがっくりと肩を落とした。

「あられ作りは干すのに時間がかかるくらいで、難しいことはありません。問題はうにの味付けですね」

「おばあさんが作る味そのままを目指すんですか？」

「迷うところです。もし、うにあられ作りをやめているなら懐かしの味の方が喜ばれるでしょう。ですが、今も作り続けているのなら、新しい味の方が面白いでしょう」

荘介は腕組みしてしばらく考えると「両方作るか」と呟いて、餅を追加で切って干した。さんさんと日を浴びて餅は真っ白に輝いている。一足早く降ってきた雪のようだと久美は思う。

「じっと待つしかないんですよね」

「そうだね。じっくり時間をかけないと、芯ができて硬くなって食感が悪いんです。全体をさくさくにするには我慢が必要です」

久美はその日中ずっと、切り餅とともに時間がすぎていくのをただ待っていた。

翌日、痛みがほとんどなくなった久美が元気に歩いて出勤すると、荘介が拍手で久美を迎えてくれた。

「自立歩行、おめでとうございます」

「ありがとうございます。なんだかロボットみたいな言われようですけど」

「昨日は本当に驚きましたよ」

久美は深々と頭を下げた。

「申し訳ないです」

「これからは、走るのはほどほどにしてくださいね」

「肝に銘じます」

妙に古くさい言い回しで久美は決意を表明した。その決意を胸に気合を入れてたまっていた事務仕事をかたづけていると、コックコートを脱いだ荘介が店舗に顔を出した。

「あら、荘介さん。どこかへお出かけですか？」

「買い出しに津屋崎まで行ってきますので留守をお願いします」

「珍しいですね、荘介さんがきちんと行き先を言っていくなんて」

「ケガ人の久美さんに心配をかけるわけにはいきませんから」

気遣ってもらって恐縮した久美は、ますます気を引き締めて仕事に励んだ。

＊＊＊

荘介は店の車、バンちゃんで津屋崎まで出かけた。市街を抜けて国道を通り五十分。途中、民家の間から見える宮地嶽(みやじだけ)神社の杜の木々や遠くに光る海などがゆったりとした気分にさせてくれる。

津屋崎はウミガメが姿を見せるほどきれいな海に恵まれた土地だ。緑も多く、空気が澄んでいるように感じられる。そんな中を通って、目的のうに専門店の前で車を停めた。白く大きく「うに」と染めだされた紺色の暖簾(のれん)がかかるその店は『津屋崎千軒(つやざきせんげん)』と呼ばれる古い町並みの中にある。

塩田に恵まれ塩の積み出し港として栄えたこの町には、古く歴史ある建物がいくつも現存している。その中の一軒なのか、うにのお店は風情のある建物だ。店内にはうにだけでなく海藻の乾物や、国産はちみつなども置いてある。荘介は、塩漬けとアルコール漬けの二種類あるうにの瓶詰、両方を買って店を出た。

海沿いまでぶらりと歩く。冬の平日の昼間、すれ違う人もいない。冷たい海風にさらされながらポケットに手を入れて寒さをしのぐ。

海岸沿いには数軒の民宿があるが、どこも堅く扉を閉めている。民宿の裏手、海に面した方には民宿ごとにそれぞれの海の家の建物がある。夏の日差しが嘘だったように感じられる今は鍵をかけられてしんとしている。

民宿の中の一軒は、窓が板でふさがれていた。営業をやめてしまったらしい。人が住まなくなった民宿はうら寂れていて、裏に作り付けの海の家は寒々として、傾いた看板が悲しげだった。荘介は立ち止まり、にぎやかだったたであろう夏の時を思った。

＊＊＊

切り餅は一日かけて日向で乾燥させてから、次は一週間、日のあたらない風通しのいいところでじっくりと干す。久美はちょこちょこと様子を見にいってみた。餅の表面はだんだん乾いて硬くなり、ヒビが入ってきた。

「荘介さん、お餅、かなり乾燥しましたよ」

「そろそろいい具合だね」

「ひび割れてかわいそうな見た目になっちゃいましたね」

「そうだね。でも、一番変わったのは重さです。水分が抜けた分だけ軽くなっているはずです」

久美は切り餅が並べられたざるを持ち上げてみた。

「本当だ。ずいぶん軽いです」

ざるを荘介に手渡すと、荘介もざるを軽く振って重さを確かめた。

「これだけ乾燥すればさくさくのあられになりますよ。それじゃあ、うにあられを作っていきましょう」

塩うにを瓶から取りだし粒が残る程度に練る。少量の日本酒で伸ばしてゆるいペースト状にする。

アルコール漬けのうにには砂糖と香り付けの醤油で味付けして擂り鉢で軽く擂る。

「味付けは二種類にするんですね」

「一般的なうにあられはアルコール漬けのうにを使うのですが、塩うにで作るのも目先が変わっていいかと思いまして」

大きめのボウルにうにのペーストを入れておく。

鍋を二つ用意して、それぞれに油を入れる。低温と高温に分けて餅を二度揚げする。

低温の油でゆっくりと火をとおすと餅はぷっくり膨らむ。中まで火がとおったら間を置かず高温の鍋でカリッとさせて油切れを良くする。

揚げたてのあられをボウルに入れてペーストを絡める。うにのペーストと油を吸ったあられが接する部分から、じゅうっと湯気が立つ。

「すごい！　一瞬で海の香りが広がりましたね」

「熱いあられに触れたときに香りが立つんだ。熱いうちでないと味が染みない。しっかりと味を付けたいなら揚げたてでないとね」

手早くあられを揚げ終え、ペーストを均等にまぶし、バットに広げて冷ます。

「あっという間に出来上がりましたね」

「乾燥に一週間かかっているけれど、作りだしたらスピード勝負だからね」

「これなら、おばあさんがいつも切らさずに作り続けられるわけですね。難しいお菓子を毎日作るのは大変ですもん」

「さすがに毎日は作っていなかったんじゃないかな。久美さんなら一日で食べきるかもしれないけれど」

「そうですねえ。この量ならいけそうです」

久美は手を伸ばしたくてしかたないといった風情で、じっとうにあられを見つめている。荘介は一応、くぎを刺すことにした。

「ご予約の品ですからね」

「わかってますよお」

それでも久美の目はうにあられから離れなかった。


瞬がやって来たのはそれから二時間ほどしてからだった。いつもより客足が伸びて生菓子が売り切れて暇になったころ、昼下がりのぽかぽかした日差しの中を歩いてくるのが窓越しに見えた。

「いらっしゃいませ」

久美がドアを開けて出迎えると瞬は爽やかな笑顔を見せた。

「こんにちは、久美さん。ケガの具合はどうですか？」

「すぐに治ったよ」

「良かった、ひどくなくて」

「瞬くんの手あてのおかげだよ。あのときは本当にありがとう」

ぺこりと頭を下げた久美に、瞬は慌てて両手を振った。

「そんな、たいしたことじゃ……」

「たいしたことだよ。瞬くんがいてくれなかったら、どうなってたか」

「大げさですよ」

　ふふふ、と久美は笑う。

「瞬くんは奥ゆかしいね」

「そんなことないですよ。そうだ」

　褒められて真っ赤になった瞬は、話を変えようと慌てて本題に入った。

「うにあられはできてますか？」

「はい。ご用意してますよ」

「よかった。これから津屋崎まで行こうと思っていて」

「そうなんだ。いいお天気で気持ちよさそうだね」

　瞬の声を聞きつけた荘介が厨房から顔を出した。

「僕たちも行きましょうか、津屋崎。今日はもうショーケースがカラですし」

　久美が元気よく手を上げる。

「本当ですか荘介さん！　私、行きたいです！」

「瞬くん、よかったら車で送っていくよ」

「え、でもお店は……」

「今日は臨時休業にしてしまいましょう。せっかくのドライブ日和ですから。久美さん、ドアに貼り紙をしておいてください」

「はい、大きく『ドライブのため休業』って書いておきます」

瞬は吹きだしたが、久美はごく真面目にそのとおりの文章を紙に書き、ドアに張り付けると鍵をかけた。

車庫から出てきたバンちゃんに瞬は嬉しそうに乗り込んだ。久美は後部座席、瞬の隣に座ると抱えてきた紙袋を手渡した。

「はい、うにあられだよ」

袋の中を覗いた瞬が驚いて目を丸くする。

「こんなにたくさん！　いいんですか？」

荘介がバックミラー越しに返事をした。

「いいんですよ。お土産用として渡すには多すぎるようでしたら、自宅に持って帰って食べてください」

「ありがとうございます」

瞬が紙袋の中に入っている六つに小分けされたうにあられのうちの一袋、赤いリボンがかけられたものを取りだしてしみじみ眺めていると、久美が瞬をにらむような強い視線でじっと見つめてきた。

「えっと……。久美さん、食べます？」

「いえいえいえ、とんでもない。全部、瞬くんのだよ」

「でも、すごく食べたそうでした」

「え！　顔に出てた？」

「はい。すごくわかりやすく」

久美は真っ赤になって俯いた。瞬は袋を開けて久美にすすめる。久美は俯き加減で、しかし、しっかりと二粒つかんでうにあられを口に入れた。

「わあ、サックサクだ。それにすごい、うにの香りが濃厚。なのにさっぱりしてる」

瞬も一粒口に入れて嚙みしめる。

「あ、これ、おばあさんの味に似てる」

「醬油味の方が？　じゃあ、塩味の方は未体験の美味しさかもしれないよ」

「二種類あるんですか？」

紙袋の中の小袋は赤と青のリボンで区分けされている。瞬はもう一つ青いリボンの袋を取りだした。先に食べた方が醬油味、今取りだしたのが塩味だ。瞬は塩味の袋も開けて久美に差しだす。久美はやはり二粒もらう。

「塩味の方がもっと海！って味だね。さっぱりしてていくらでも食べられちゃうね」

「うにそのものの味がします。これも美味しい」

「瞬くんは食通だねえ。若いのにうにを食べたことがあるんだ」

「アルバイトをしているときに、おばあさんが海の幸をたくさん食べさせてくれたんです。それまでは魚が苦手だったんですけど、おばあさんの料理はすごく美味しくて」

「苦手を克服しちゃったんだね」

「そうなんです。じつは僕、本当は海も苦手だったんです。潮風がべたつくし、砂浜を歩いたときの足が沈み込むような感覚も気持ち悪いし、夏は人混みで暑いし、冬はとにかく寒いし」

　久美は首をかしげる。

「それなのになんで海の家でアルバイトしたの？」

「本当は友達が、ダイゴローって言うんですけど。ダイゴローが行くはずだったんです。仕事が終わったらいくらでもサーフィンができるって張り切ってたんですけど、盲腸になって入院してしまったから」

「代打で瞬くんが出たんだ」

「はい。ダイゴローにどうしてもって頼まれて。おばあさんが一人きりでやってるんだ、民宿と海の家の両方は一人では難しいからって。ダイゴローは困った人を見ると放っておけない優しいやつなんです。学校で友達ができなかった僕のことも助けてくれて。ダイゴローがいなかったら、僕は学校をやめていたかもしれない」

しんみりしてしまった瞬を励ますように久美は笑顔を向けた。

「類は友を呼ぶんだね」

「え？」

「瞬くんも同じだもん。困った人を放っておけない性格だよね」

「そうですか？」

「そうだよ。きっとおばあさんも、そう思ったはずだよ。瞬くんは優しいって。働き者で本当に助かるって」

瞬は恥ずかしそうに笑う。

「おばあさんがそう思ってくれたんだとしたら、すごく嬉しいですけど」

「瞬くんのこと忘れられない、また会いたいって絶対に思ってるよ」

「どうだろう、僕はたくさん迷惑をかけてしまったから」

「迷惑って、仕事のことで？」

「それもありますけど」

瞬は話そうかどうしようか迷っているようで視線を泳がせた。

「話しにくいなら言わなくていいよ」

「いえ、たいした話じゃないんです。僕の親が過保護すぎて一日に何度も民宿に電話を掛けてきたっていうだけなんです。うちの親は僕がすることをなんでも心配しすぎるから、住み込みのバイトも反対されて。それでも無理やり出てきたんです。そうしたら家出したって大騒ぎになって」

そのときのことを思いだしたのか、瞬は自分の手を見下ろしてため息をついた。

「親に逆らうなんて生まれて初めてだったから、余計にあたりが強くなっちゃって。アルバイトがダイゴローの紹介だったっていうのも心配のもとだったみたいで。なんだかうちの親、サーフィンをするやつは真面目じゃないって思っていて」

瞬は家庭のことを昔の辛い話をするように言葉につまりながら話す。

「いつもそうなんです。僕のことを信用してくれない、いつまでもなにもできない子どもだと思ってるんです」

しばらく黙って思いに耽っていたが、急にぱっと明るい表情になった。

「でも、おばあさんはうちの親の長い話も全部ちゃんと聞いてくれて、僕はよくやってるよって何度でも繰り返して親を安心させてくれたんです。僕の話も聞いてくれて、どっちが悪いとか一言も言わないんです。そんな風にいろいろ考えてくれるのは時間がかかるし、おばあさんは忙しいし、本当は面倒くさかっただろうに」

「おばあさん、すてきな人だね」

久美は瞬に優しく微笑みかけた。

「きっと、瞬くんにかかわることを面倒くさいなんて思えないくらい。瞬くんのこと大好きなんだよ」

「本当に、そうだといいんですけど」

「おばあさんに会ったら聞いてみようよ。瞬くんのことどれくらい好きか」

「ええ？　嫌です、恥ずかしいです、無理です」

首をすくめてシートの端っこに寄ってしまった瞬に久美がにじり寄る。

「でも、瞬くんはおばあさんのこと好きでしょう？　片思いじゃ辛いじゃない」

久美の言葉に瞬は肩の力を抜いて笑った。

「片思いって、恋愛じゃないんですから」

「それでも一方通行の思いは辛いよ。友情だって人情だって。両思いがいちばんだよ」

「そうなのかな」

「そうだと思うよ」

「でも、ずうっと片思いのままの好きって、いっぱいありますよね。たとえば、僕が海が好きだと思っても、海は僕のことなんか好きだと思ってくれるかわからないじゃないですか」

「瞬くんは海が好きになったの？」

「はい、おばあさんのおかげで。海のいいところをたくさん教えてもらいました。本当に、バイトができて良かった」

久美は生真面目に瞬に向きあう。

「瞬くんはやっぱりすごいなあ。私なんて苦手なものはそのまま放りっぱなしだよ」

「久美さんの苦手なものってなんですか？」

「虫」

「それはしょうがないんじゃ……」

二人の止まらないお喋りを聞きながら荘介は遠くに見える海に目を細めている。海は午後の日差しを浴びて、誰かを待ちわびるようにきらめいていた。

＊＊＊

海岸沿いの一本道をゆっくり進む。津屋崎海水浴場の近く、民宿が固まっているところまで来ると、瞬がその中の一軒を指さした。

「あそこです」

それは、荘介が見たあの民宿だった。どこか煤(すす)けて薄暗く感じるほどに寂しげだ。

建物の前まで行き、車を降りた。やはり民宿の窓には板が打ち付けられ、閉め切ってある。扉には、『貸家』という看板が張り付けられていた。

「え、どうして……」

「瞬くん、おばあさんの民宿ってここなの？」

「はい、そうです。どうしたんだろう……」

車のエンジン音を聞きつけたのか隣の民宿から割烹着を着た高齢の女性が出てきた。

「おや、あんた。ミツエさんのところでバイトしてた子やないね」

瞬は丁寧に頭を下げた。

「あの、おばあさんは民宿をやめちゃったんですか？　今、どこに……？」

女性は一瞬、言葉に詰まったがすぐに側に寄ってきた。

「ミツエさん、亡くなったのよ。前々から心臓が悪かったけど秋の初めに急に悪化したらしくて。入院したと思ったら三日もせずに」

瞬は大きく目を見開いて動かなくなってしまった。久美は思わず呟く。

「亡くなった？」

「そうなんよ。それでねえ、身寄りがなかったから合祀墓っていうの？　お寺の無縁墓みたいなところに入れられたんよ。お寺はすぐ近くの来迎寺なんだけどね」

瞬はショックを受けて言葉も出ない。顔色も白くなり、今にも貧血を起こして倒れそうだった。まっすぐに民宿に顔を向けることもできない様子で自分の爪先に目をやっているが、なにも見えてはいないようだ。

「おばあさんが……」

ぽつりとこぼれた声は震えている。ふらりと上体が揺れる。荘介が瞬の肩を支えてやると、か細い声で「大丈夫です」と呟いた。

「全然大丈夫な顔色じゃないよ。どこかで休もう」

荘介と久美で瞬の両わきを守るようにしながら、民宿から離れようと海岸に出た。冬の風に吹かれて波が荒い。人影はどこにもなかった。

久美はぐるりと辺りを見回したが、広い砂浜に腰かけられそうな場所はない。

「車に戻って座った方がいいかな、風にあたっていた方がいい？」

「出来たら外に……。そうだ、あっちに」

瞬は一軒の海の家を指さす。おばあさんの民宿に立てかけるようにして作られた、瞬が働いていた海の家だ。否が応にも民宿が目に入る。建物の窓はどこも閉鎖されていて世界から切り取られたかのように静かだった。瞬は無表情で建物を見上げ続けた。

しばらくじっとしていた瞬は、砂に足を取られながら海の家の簡易なベニヤ板の扉に近づいた。ざくっざくっと靴が砂に埋もれる。

ダイヤルロック式の南京錠を開けて中に入りパイプ椅子を三脚抱えて出てきた。元どおりに鍵をかけようとしていたが手が震えてうまくいかず、扉を開けたまま戻ってきた。荘介が椅子を受け取り海に向けて置いてやると、瞬は崩れるように座り込み、膝に肘をついて俯いた。持っていた紙袋を強く握っている手が震えている。

久美がゆっくりと近づいてきた。瞬の側まで来たが声をかけづらく、立ち止まって荘介を見た。荘介は落ち着いた低い声で瞬に話しかけた。

「おばあさんのお墓に行くかい？」

瞬は黙って首を横に振る。

「行けないです。僕、約束したのに。また会いに来るって。なのに……」

その先を続けることなく瞬は両手で頭を抱え込んだ。泣いているのかと思って久美が顔を覗き込むと、瞬は目を見開いて震えていた。

「おばあさんは一人きりだったのに」

「瞬くん……」

慰める言葉が見つからず久美は口を閉じた。荘介が瞬の隣にパイプ椅子を置いて並んで座った。

「瞬くん、おばあさんはどんな人だった？」

荘介の問いにしばらく答えはなかった。瞬はおそるおそる顔を上げたが、荘介と目を合わせないように砂浜を見下ろした。

「明るい人でした。いつも笑っていた。働くのが好きで楽しそうにお客さんと話をしていた。みんなおばあさんが好きだったんです。お客さんも、近所の人も、みんな」

荘介も砂浜を見つめて聞いていた。

「僕の部屋はおばあさんの隣だったんだけど、布団に入っても遅くまでふすま越しにお喋りしました。おばあさんはどんな話も聞いてくれて。将来の不安とか、いつもだめな僕のこととか、なにを話しても優しくて。笑っていれば人生はなんとかなるんだよって言ってもらって、すごく救われたんです。おばあさんがいつも笑っていたから」

瞬の頬がかすかに震える。それは無理して笑おうとして失敗したようにも見えた。

「いつまでもここにいたいって思ったんです。海の側に、おばあさんの側にいたいって。

でも夏はすぐに終わってしまって。僕はまた会いに来るねって言ったのに。すぐに来るねって。おばあさんは待ってるよって言ったのに、僕は……」

久美は声を震わせる瞬の背中をさすった。顔を上げて海を見ながら荘介はぽつりぽつりと独り言を呟くように話す。

「隣にいてくれた人が、たくさんの大事なものをくれた人がいなくなったとき、自分の中に大きな影ができたように感じる。その影に飲まれて自分自身も見えなくなってしまう。迷子のように同じ場所をぐるぐる回っていることしかできなくなる」

瞬は震えながら荘介の言葉を聞いている。それはまさに今、瞬が感じていたことだった。荘介も自分の経験を噛みしめているかのように俯いた。

大切な人を失くした者だけが知る心の中の静寂を、二人は見つめていた。過去をやり直せない現実に、いつか迎えるはずだった戻らない時に、打ちひしがれながら。

久美には荘介が、今も心の底に眠っている大切な人の面影を追っているように見えた。昔、荘介とともに厨房に立っていた人。その人が荘介に残したものは今もしっかりと生きている。荘介のものとなって荘介の一部になって。そこに自分が入り込んではいけないような気がして、久美はそっと目を伏せた。

荘介は一度口を閉じると大きく息を吸った。目の前の潮の香りを確かめるように。

「けれど約束はいつまでも残るんだよ。いつか自分が本当にその約束を果たせるようになるまで待っていてくれる。いつまでも」

「でも僕は。僕はもう、おばあさんに会うことはできない。どうやったってもう二度と、約束したとおりにおばあさんに会うことはできないんだ」

失くしてしまった時に囚われずに今この時を見て欲しい。過去を悲しむのではなく過去をゆるして愛して欲しい。荘介がのり越えてきたように、瞬にも。

そう思って久美は屈んで、震える瞬の腕に触れた。

「瞬くんはおばあさんともっとたくさん約束をしたんじゃない？」

「もっとたくさん？」

久美の言葉の意味がわからず瞬は久美を見つめた。目が真っ赤になっていて、今にも泣きだしそうだった。

「魚を美味しく食べることも、将来を笑って過ごすことも、おばあさんに教わってずっと瞬くんが守っているものでしょう。それって、約束と同じじゃない？　おばあさんの思いを瞬くんが引き継ぐっていうこと」

久美はまっすぐに瞬の目を見る。

「おばあさんに教わったことを忘れないで、おばあさんが好きだったものを覚えていて、おばあさんのことを大好きでいる。それも、約束なんじゃないかな」

瞬は握りしめていた紙袋の中のうにあられを取りだして目を落とした。おばあさんの手作りの味に似ていると言ったうにあられ。

「僕は忘れません。忘れられるはずがない。おばあさんが教えてくれたことは僕にとって特別なものだから」

瞬の震えはいつの間にか止まっていた。

「海が嫌いな僕に、おばあさんは一番きれいな海を見せてくれました。夜が明ける前のほんの一瞬、朝日が差したときに、海はダイヤモンドのように輝くんです。透明な、どこまでも透明な輝きで、海も空も色がなくなったように見えて時間が止まるんです。たった一瞬だけ。でもその一瞬で、僕の世界は変わったんです。僕は世界を、自分を好きになれた」


立ち上がって振り返り、瞬は海の家をじっと見つめた。海の家の堅く閉じられた囲いをはずせば、夏が甦るのではないかと思えた。浜には大勢の海水浴客、海に駆けていく水着姿の子どもたち。真っ青な海と透き通った潮の香り。

おばあさんが笑顔でそれを見ているくる。

『お疲れさん、お茶にせんね』

優しく瞬に声をかける。お盆にのった冷たい麦茶とうにあられ。きつい日差しから逃れて民宿の縁台に腰かけてうにあられに手を伸ばす。

『今日もいい波やねえ』

幸せそうにおばあさんは笑う。

『海の側で暮らせて、私は幸せものだよ』

おばあさんがこちらを向く。

『あんたは海が好きかい？』

瞬は答えに詰まる。

『あんたが海を好きになってくれたら嬉しいねえ』

おばあさんはそうなることを、きっとわかっていた。瞬が思いをくみ取ってくれることを。おばあさんの言葉を懐かしく思いだすときがくることを。

『この海を忘れないでいてくれたら嬉しいねえ』

瞬は立ち上がると民宿の縁台に歩み寄った。縁台に、おばあさんがいつも座っていた場所に、うにあられを置いてじっと見つめる。

「餞(はなむけ)だね」

荘介の言葉に瞬が振り返る。

「はなむけ？」

「旅立つ人への贈りもの。旅路を無事に終えられるように祈る気持ちが形になったもの。君の気持ちが詰まった大切なもの」

瞬はまたうにあられをじっと見つめると、大きく息を吸って空を見上げた。

目をつむり深呼吸をする。だんだん心が静かになっていく。そっと振り向き、海に向かって歩く。一歩ずつ進む足が、砂にざっくりと沈み込む。潮風が肌を冷たくなぶる。けれどそのどれもが、瞬には懐かしく、愛おしく、暖かい。

「僕、サーフィンを始めようかな」

瞬の言葉は震えていたが、とても力強いものだった。

「そうしたら、もっと海を好きになるでしょう？」

その声は遠く海のかなたまで、古来、海の民が信じていた魂が還る場所までも届きそうなほどに澄んでいた。

沈む夕日を受けた瞬の目許に、透明に輝く海がきらりと一粒、浮かんでいた。

クリスマスにはまだ早い

すばらしい小春日和だ。荘介は、初冬とはとても思えないぽかぽか陽気に誘われ、コックコートを脱ぎ捨ててジャケット姿で町をそぞろ歩いていた。久美ならば「寒くても毎日出歩くくせに」とむうっとむくれた顔で言うところだが、もちろん荘介は叱られないように目を盗んで店を抜けだしてきた。

商店街を通っていると、気の早い店では既にクリスマス商戦に向けた準備が進められているようだ。赤と緑をテーマカラーにした装飾や、白い雪をイメージしたガラスペイントのディスプレイなどがあちらこちらに見られる。

『お気に召すまま』でもそろそろ久美がクリスマスツリーやリースの飾り付けを始める頃だ。今年はなにかかわいらしい雑貨でも増やしてみようかと、荘介は雑貨店を探しに駅の方へ歩いていった。

駅前広場には既に巨大なツリーが立っている。高さ三メートルほどのツリーで、赤いリボンと金のボールで飾り付けられている。夜になると緑の葉の間に隠れていた色とりどりのライトがついてまばゆく輝く。残念ながら本物のモミの木ではないのだが、それでも十分にクリスマス気分は高まる。

ツリーの根方に立ち止まって大木を見上げていると、遠くから「パパー」という幼い子どもの声が聞こえた。親子で遊んでいるのだろう。その微笑ましい姿を想像して声のした方を振り向くと、三歳くらいだろうか。小さな黄色のリュックを背負った女の子が一人、荘介がいる方へ駆けてくる。まるで宝物を見つけたかのような明るい笑顔だ。女の子のパパはどこにいるのだろうかと荘介があたりを見回していると、どん、と足に衝撃を受けた。見下ろすと女の子が荘介の足に抱きついていた。

「パパ、りりあのパパでしょ」

「ん？　パパ？」

「パパを探しているのかな」

荘介はしゃがみ込んで、りりあという名前らしい女の子と目線を合わせた。

「うん！　パパでしょ？」

すがるような必死な表情の女の子に荘介は優しく微笑んだ。

「そうだねえ、どうだろうね」

女の子はぎゅっと荘介に抱きついた。

「わーい、パパだあ！」

「りりあ！」

女性の声にりりあが振り向いて大きく手を振る。

「ママー、パパがいたよ！」

りりあを追いかけて走ってきている女性は三十代前半くらいだろう。暖かそうなツイードの白地のワンピースに、白黒ストライプのリボンベルトで、懐しの映画『マイ・フェア・レディ』のポスターを思わせる。

最近のお母さんはおしゃれだねえなどと暢気に考えていた荘介のすぐ側まで駆け寄ってきた女性は、りりあの手を取って荘介から引きはがして頭を下げた。

「ごめんなさい、うちの子が」

「いえ、大丈夫ですよ」

りりあは母親と繋いだ手をぶんぶんと元気よく振っている。

「ママ、パパがいたよ」

「りりあ、違うよ」

きょとんとしたりりあが首をかしげた。

「違う？」

「パパじゃないでしょ」

りりあは荘介をまじまじと見つめた。

「りりあのパパじゃないの？」

「うーん、どうだろうねえ」

自分はパパじゃないよと否定はしない荘介を、女性は見つめた。

荘介が視線に気づいて微笑みかけると、女性は真っ赤になって俯いてしまった。荘介は微笑ましく思ってしばらく女性を観察してみた。

ゆるく巻かれた艶やかな髪はふわりと肩にかかって、上品さを感じさせる。化粧は控えめだが肌がきれいで十分に美しい。荘介にじっと見つめられているのが恥ずかしいのだろう。少しずつ少しずつ後ずさりしていく様子は、まるで初恋の相手を前にした少女のようにいじらしかった。

りりあが不思議そうに母親と荘介の顔を見比べて荘介に手を差し出した。荘介がその手を握ってやるとりりあはとびきりの笑顔を見せる。

「りりあちゃんはパパを探しているの？」

「うん！　ずっと探してたよ。よかったあ、見つかって。ね、ママ」

りりあが見上げると、女性はしばらく口ごもっていたが、寂しそうに「そうね、よかったね」と相槌を打った。

「パパ、おうちに帰ろうよ」

りりあが荘介の手を握って引っ張る。

「僕はお仕事があるから、おうちには行けないんだよ」

「パパ、お仕事？」

「そうだよ」

「なに屋さん？」

「お菓子屋さんだよ」

「すごい！」

目をキラキラさせてりりあは荘介の手をぐいぐいと引っ張った。

「りりあのパパはお菓子屋さんなんだ！　お菓子たくさん作ってくれる？」

「そうだねえ。お店にはたくさんあるよ」

りりあは今度は母親の手を引く。

「ママ、パパのお店に行こうよ！」

「でも、お仕事の邪魔になるからね、また今度ね」

「嫌だあ、今日行く！」

途端に泣きそうになったりりあに女性は慌てた。

「今度、ぜったいに行くから」

「今度っていつ？」

「邪魔にならないときにね」

りりあはさらに顔をくしゃっとゆがめた。目には涙が浮かんでいる。

「だめえ、今日行くの！」

「いい子だから、我慢できるでしょ、りりあ」

「いい子じゃない！」

今日という日をどうしても譲れないらしいりりあに困り果てた女性も、娘と同じく泣きそうな表情になってしまった。

「邪魔じゃないですよ」

のんびりと言う荘介に、女性は驚いて娘をなだめる言葉を飲み込んだ。

「りりあちゃん、今からお店に遊びにおいで」

「うん！　行く！」

りりあはぴょんぴょん跳ねて荘介の周りをくるくる走り回った。黄色いリュックから顔を出しているクマのぬいぐるみが、こくんこくんと頷くように揺れる。女性はおずおずと荘介に尋ねた。

「本当にお邪魔してもいいんですか？」

「大歓迎ですよ。じゃあ、行きましょうか」

荘介が歩きだすと、りりあは荘介の手を握って隣を歩きだした。

「ママ、ママ」

反対の手を伸ばして母親の手も握る。三人は本当の親子のように並んで歩いた。りりあはよっぽど嬉しいらしく、歌を歌いながらスキップしている。女性は並んで歩きながらも申し訳なさそうに荘介に頭を下げた。

「すみません、お店に押し掛けるようなことになってしまって」

「いえいえ、こちらこそキャッチセールスのようでしたね」

「キャッチセールス？　聞いたことはあるんですけど、それってなんでしたっけ？」

「だまして店に連れ込む販売方法ですよ。アンケートだけ、などと言って宝石や絵画など高額商品を売りつけるんです」

「お菓子屋さんというのが嘘だっていうことですか？」

「さあ、どうでしょう」

不安げな表情を浮かべた女性が心配そうに言う。

「私、高いものなんてとても買えません」

「キャッチセールスを撃退するには、毅然として『買わない』と言い続けることが大切だそうですよ」

「毅然として……。ちょっと私には難しいみたいです」

「では、いい練習になるかもしれませんね」

女性はぴたりと足を止めた。

「本当にキャッチセールスなんですか？」

「どう思います？」

いたずらっぽく笑う荘介に、女性はまた赤くなって目をそらした。

「人をだますような方には見えないです」

「それは良かった。僕は正真正銘、お菓子屋さんです」

女性はほっとした様子でりりあに話しかけた。

「りりあ、お菓子屋さん楽しみだね」

「うん！　パパ、ボーロもある？」

目を輝かせたりりあを見下ろして、荘介は優しく尋ねる。

「ボーロって、どのボーロかな」

質問の意味がわからなくて不思議そうに荘介を見上げるりりあに代わって、質問には女性が答えた。

「たまごボーロです。うちでは単にボーロとだけ呼んでいて」

荘介は頷いてりりあに微笑みかけた。

「たまごボーロが好きなの？」

「うん、大好き。いーっぱい、食べたい」

大きく手を広げたりりあに荘介は頷いてみせる。

「じゃあ、たまごボーロも作ろう」

「やったあ！　パパ大好き」

女性が「パパじゃないでしょ」と言うと、りりあは不思議そうな顔で母親を見上げた。それから荘介の顔を見て、右左、きょろきょろと二人の顔を見比べる。その姿を悲しそうに見つめていた女性は、ふと目を上げた。

「パパ……、じゃない、えっと、お名前を聞いてもいいですか」

荘介は「パパでもいいですよ」と言いながら立ち止まって名刺を取りだした。

「村崎荘介です。お名前をうかがっても？」

「あ、ごめんなさい！　私こそ名のらなきゃですよね。古賀芹奈です。この子はりりあです。あの……」

「はい？」

芹奈は真っ赤になって俯いて小声で言った。

「本当に、あの……、パパって呼んでもいいですか」

優しい笑顔で荘介は「はい」と答えた。


今日は珍しく朝からお客が来ない。暇な水曜日、久美はショーケースに寄りかかり頬杖をついて、ぼんやりと窓の外を見ていた。外は憎らしいほど晴れていた。こんなにいい天気なのだから散歩に出かけて、ついでにうちの店に寄ってくれる人がいてもいいだろうにとため息をつく。

商店街を行き来する人は結構いるのだが、その中の誰も『お気に召すまま』には興味を示してくれなかった。

客待ちにも飽きがきて包装紙のあまりで折り紙を始めようとしたとき、駅の方から歩いてくる親子連れが目に入った。どうやらこの店を目指しているらしい。父親と母親が小さな子どもを真ん中に手をつないで歩いている。ぽかぽか陽気によく似あう微笑ましい光景だった、のだが。なにやら違和感を覚えた。

ショーケースの上に身をのりだしてよくよく目を凝らす。

「んんん!?」

さらに前のめりになって、ショーケースにのり上げるようにして目をみはった。

「荘介さん!?」

すぐに三人は店にたどりつき、荘介がドアを開けて芹奈とりりあを中に招いた。

芹奈は身をのりだしたままの久美と目が合うと優雅にお辞儀した。楚々とした雰囲気がどことなく荘介に通じるところがあって、まるでよく似た夫婦のようだ。挨拶をすることも忘れて三人に釘付けになっている久美の頭が無意識の内にちょっとだけ、会釈するように揺れた。

芹奈の手からするりと抜けだしたりりあが、ショーケースに駆け寄る。

「わあ、すごーい、お菓子屋さんだあ。パパ、すごいねえ」

久美の目が落っこちそうなほど大きく見開かれた。

「パパ!?」

荘介は楽しそうに久美に目配せする。

「そうらしいよ」

まん丸な目で荘介を見つめていた久美がぽつりと呟いた。

「……隠し子？」

荘介は腹を抱えて笑いだした。

久美はとりあえずイートインスペースに芹奈とりりあを案内して、オレンジジュースを出した。笑いすぎて涙を拭いている荘介に、不安げに小声で尋ねる。

「なんなんですか、この事態は」

「事態って？」

「あの子はなんで荘介さんのことをパパって呼ぶんですか」

「僕があの子のパパだから、らしいよ」

久美の声が思わず大きくなる。

「らしいよって……。まさか知らない人ですか！」

「はい」

りりあと芹奈の視線を感じて、久美はまた声を潜めた。

「澄ましている場合じゃないですよ、結婚詐欺とかじゃないんですか？」

「うーん。久美さんは結婚詐欺の意味をよくわかっていないような気がするな」

「ちゃんとわかってます。結婚しようって嘘の約束で騙して、お金を巻き上げる詐欺ですよね。荘介さん、騙されてるんじゃないですか？」

荘介に詰め寄る久美にりりあが駆け寄ってきてエプロンの裾をぐいぐい引っ張った。

「パパをいじめちゃだめ！」

「いじめるって……」

「りりあ、だめよ。パパは大事なお話をしているんだから」

芹奈さえもが荘介をパパと呼ぶことに驚いて、久美の口が大きくあんぐりと開いた。

その表情を面白がって、荘介はまたくすくすと笑う。

りりあはしばらく久美を見上げていたが、芹奈が手招くと大人しく席に戻った。久美のことはもう気にならなくなったようで、オレンジジュースに集中している。芹奈は久美と目が合うと、軽く頭を下げた。

「どういうことなんですか？」

久美は荘介、芹奈、どちらにともなく尋ねてみた。芹奈はチラリと横目で荘介を見る。荘介は楽しそうに笑って黙っている。二人の意味ありげな様子を見ているとなにやら胸の奥がもやもやして、聞きたいことをうまく言葉にできない。代わりに出てきたのは、自分でも驚くほど不機嫌な声だった。こんなことじゃ接客業失格だとわかっているけれど、止められない。不機嫌を芹奈にぶつけるように、つっけんどんに尋ねてしまった。

「お菓子をお求めでしたら、うかがいますけど」

芹奈は慌てて立ち上がると、ショーケースに近づいて覗き込んだ。ずらりと並んだ色とりどりのお菓子の名前を、ひとつひとつ真剣な表情で読んでいく。我が子が好みそうなお菓子を吟味している様子からは、いかにも子ども思いの母親なのだということがわかる。

久美はそんな客が好きなはずなのに、今日はなぜだか好感を抱くことができない。

「この、こぶたプリンを二ついただけますか」

硬い表情のまま、久美はショーケースを開けようとした。

「ボーロ！」

突然、りりあが叫んだ。

「ママ、ボーロがいい！」

「ボーロ？」

久美が首をかしげても誰も取りあってくれない。

「そうだった、りりあちゃんはボーロが好きなんだったね」

「りりあ、パパは忙しいんだから今日はプリンで我慢して。プリンも好きでしょう」

「やだ！　ボーロがいい！　パパ、ボーロ作って！」

「ごめんなさい。この子、普段はこんなにわがまま言わないんですけど」

「パパ、作って、作って、作って、作っ……」

「ボーロってなんなんですかあ！」

　理解できないまま進んでいく会話を久美は大きな声で止めた。店に静寂が広がり、三人は久美を見つめた。いたたまれなくなった久美は俯き、「ボーロって……」と小声で呟いた。子どもの前で大きな声を出すつもりなどなかった。申し訳なくてりりあの様子をちらりと見てみると、ぽかんとした顔で久美を見ていた。

「う……。ごめんね」

　久美がなにを謝っているのか理解できていないらしいりりあは、それでもにいっと笑ってくれた。

「ボーロというのはポルトガル語でケーキ、焼き菓子の総称だけれど、日本では小麦粉、卵、牛乳などを使う南蛮菓子のことを指すね。そば粉で作るそばボーロや佐賀名物の丸ボーロもあります」

　荘介がまだまだ蘊蓄を披露しようとするのを久美が止める。

「そういうことじゃなくて」

「パパ、すごーい！」

「大丈夫ですよ」

りりあが大きな声を上げ、久美の言葉は宙ぶらりんになって続きを尋ねることができなくなってしまった。

「物知りだね、パパ。すごい、すごい！」

拍手して褒めたたえるりりあの頭を荘介は優しく撫でた。その表情が本当に子どもを愛するパパのようで、久美は胸の奥のもやもやが大きく広がっていくように感じた。それを押し隠すように俯いて黙り込む。

久美の様子をそっとうかがっていた芹奈は、りりあの手を取って席を立たせた。

「すみません、帰ります」

「帰る？　ねえ、パパは帰らないの？」

「りりあ、ほらおいで」

嫌々と首を振るりりあを無理やり抱き上げて、芹奈は頭を下げると足早に店を出ていく。荘介が店の外まで見送りに行った。店の前で芹奈となにか話をしているのが窓越しに見える。芹奈はとても嬉しそうに笑っている。荘介も楽しそうだ。久美はなぜか二人を見ていることが辛くて目を背けた。

胸のもやもやは大きくなりすぎて、今にも口から真っ黒いものが飛びだしてしまいそうだった。こんな状態で荘介を見ることはとてもできないと思った。でもそれがなぜだかわからない。

イートインスペースに、りりあが背負っていた黄色いリュックが置き忘れられている。リュックから頭を出しているクマのぬいぐるみと目が合った。いかにも幸せそうな表情のクマだ。店の前で話している芹奈とりりあも同じように幸せそうに笑っているのだろう。もしかしたら、荘介も。

その顔を見たくなくて、久美は忘れ物には気づかなかったふりをした。

翌日、久美はなんとなく店に行きづらく、朝も遅刻ギリギリの時間に出勤した。荘介とも目を合わせづらい。芹奈たちのことをくわしく聞きたい気持ちはあるのに、なぜか聞くのが恐くて会話もろくにできない。客に対してとるべきではない態度を見せてしまったことも後悔している。なのに素直に反省することができない。考えれば考えるほど自分が嫌になっていく。

「久美さん、元気がありませんね」

荘介が声をかけても久美は俯きがちに「そんなことないです」と小さく呟くだけだ。

荘介がまだ話しかけようと口を開いたとき、カランカランとドアベルが鳴ってりりあと手をつないだ芹奈が入ってきた。

「パパー！」

りりあは一目散に荘介に駆け寄る。荘介はりりあの頭を撫でてやった。

「おはよう、りりあちゃん」

「パパ、おはよう。あのね、りりあは今日ね、朝起きて、朝ごはんを食べたんだよ。それでね、それからね……」

今日の行動を一から全部話そうとするりりあを止めようと、芹奈がしゃがんでりりあの手を握る。

「りりあ、パパはお仕事で忙しいの。お話はまた今度ね」

不満気ながらも、りりあはお喋りをやめた。

「あの、昨日忘れ物をしたものですから、また来てしまいました……」

久美は自分のカバンと並べて置いていた黄色のリュックを取り、ショーケースの裏から出てこようとした。荘介は久美を止めてリュックを受け取った。

「久美さんはいいですよ」

その言葉が久美の胸につき刺さる。久美に接客を任せることができないほど、荘介にとって芹奈たちが特別な存在なのではないか。そう思うと、不安定なボートに乗っているように足許が揺れるように感じた。

「すみません、何度もお邪魔して」

荘介からリュックを受け取りながら、芹奈が頭を下げた。

「気になさらず、いつでも来てください」

「でも、お仕事の邪魔をしてしまって申し訳ないですから」

「そんなことないですよ。大歓迎です」

りりあが荘介の手を引っ張る。

「パパ、ボーロ」

「そうだったね。りりあちゃん、今作るから待っていてね」

「だめです！」

口を挟む気などなかったのに言葉が久美の口から飛びだした。昨日から膨らみ続けた胸の中のもやもやがとうとう爆発してしまった。言葉を止めなければと思えば思うほど言いたくもないことが喉元にせりあがってくる。

「ほら！　材料の調達だって必要だし、それに……」

「材料ならありますよ」

荘介がのんびりと口を出した。

「簡単なお菓子ですから。良かったら芹奈さん、ご自分で作ってみませんか？」

驚いた芹奈はパチクリと瞬きする。

「作る？　私がですか？」

「そう。では」

荘介は両手をパン！と打ち鳴らした。

「さっそく作っていきましょう」

りりあが喜んでぴょんぴょん跳ね回る。久美は暗い気持ちでその姿を見つめた。

荘介が準備した材料は卵黄、砂糖、片栗粉、小麦粉、ほんの少しの牛乳。調理台に並んだ材料を見て芹奈は目をしばたたいた。

「これだけでできるんですか？」

「はい。簡単でしょう」

「でも……」

そのまま芹奈は口ごもってしまった。その視線がわずかにりりあに向いたのを荘介は見逃さない。

「久美さん、りりあちゃんを店の方で見ていてくれませんか？」

「え、でも、お母さんと一緒じゃないと不安なんじゃゃ……」

芹奈は久美に申し訳なさそうにしながらも、久美の方へりりあを押しやった。

「りりあは人見知りはしないです」

荘介が芹奈の言葉をあと押しするように頷く。

「火を使うので危ないですからね。お願いします」

久美はおそるおそる、りりあに手を差しだした。りりあは少しもためらうことなく久美の手を取る。嫌われているものと覚悟していた久美にりりあは無邪気に笑いかける。

久美はほっとして、りりあと一緒に店舗へ歩いて行った。

手をつないで歩く二人の姿を芹奈はじっと見つめる。

りりあの姿が完全に見えなくなってから、荘介は芹奈に尋ねた。

「先ほどの『でも』の続きを聞いてもいいですか？　お菓子作りになにか不安があるのでしょうか？」

芹奈は厨房に残っているお菓子の香りを胸いっぱいに吸い込んだ。日々の中に埋もれてしまった懐かしい優しい気持ちを思い出させてくれるような、甘い香り。その様子を荘介は優しく見守る。

「私、お菓子なんか作ったことないんです。料理もあまりしないし、上手じゃないんですよ。いいお母さんじゃないんです」

芹奈はちらりと荘介を見上げた。荘介は変わらず優しい表情で、ゆったりと芹奈の言葉を待っていた。

「りりあが私以外の人に懐くのは、きっと愛情に飢えているからだと思うんです。私の仕事は毎日残業ばかりで休日もバラバラで。保育園のお休みとも合わないから、なかなか遊びに連れて行ってあげることもできないし。それにあの子、父親っていうものを知らないから……」

そこで芹奈の言葉は途切れた。荘介は黙ってオーブンの予熱を始めた。芹奈は働く荘介をじっと見つめている。

「本当に私にも作れますか？」

眉根を寄せて不安げに聞く芹奈に、荘介は力強く請けあった。

「大丈夫です。僕がサポートしますから」

荘介の明るい言葉に、芹奈は素直に頷いた。

卵黄と砂糖を擂り混ぜて、片栗粉と小麦粉をあわせた粉をダマにならないように小分けにして加える。

芹奈は小さなスプーンで慎重にボウルの中に粉をふりまく。真剣な、繊細な手つきで生地を作っていく。

牛乳をほんの少しずつ混ぜ入れ耳たぶほどの硬さにする。

できた生地を一センチ程度に丸める。

「なんだか粘土で遊んでるみたいですね」

「楽しいですか？」

「はい。いつも料理は仕事に追われて時間がかからないものばかりだけど、こうやってお菓子を作る時間ってすごく楽しいです」

「それは良かった」

芹奈は生地を捏ねながら、荘介に尋ねる。

「パパはなんでそんなに優しいんですか？　知らない女から突然パパだなんて呼ばれたら、気持ち悪いでしょう？」

「気持ち悪いことなんてないですよ」

「でも、得体が知れないでしょう。なにか怪しい人間かもしれないじゃないですか」

「僕は芹奈さんのことを信じられる人だ、大丈夫だと思いましたよ」

「なんでですか？」

「りりあちゃんが本当に幸せそうだったからです。お母さんが愛情をしっかり注いでいるのだとわかったからです」

芹奈はしばらく荘介を見つめていたが、じんわりと涙が浮かんできて慌てて顔を伏せた。無言でたまごボーロを丸める作業に戻る。大切に一つ一つ、丁寧に時間をかけて丸めていった。


「では、焼いていきましょう」

丸め終わったボーロを天板にのせて低温で、薄くキツネ色になるまでさっと焼く。厨房に卵と砂糖が混ざって焼けていく独特の香りが広がる。

荘介と芹奈は肩を並べてオーブンを見ていた。

「あの子の父親は」

芹奈がぽつりと呟いた。

「ろくな人間じゃなくて。働きもしないで、本当になにもしないで家で寝てるだけでした。結婚したら変わってくれる。子どもができたら変わってくれるってずっと思っていたんです。でも私が妊娠して働けなくなってもなにも変わらなくて。つわりで辛いときに『俺のメシは？』って聞かれてキレちゃった。そうしたら、家から出ていっちゃって、それっきり」

自嘲気味に芹奈は笑う。荘介は静かに聞いていた。

「でも、ろくでなしでも家にいた方が良かったのかもしれないですね。りりあに聞いたんです。クリスマスプレゼント、サンタさんになにをお願いするのって。そうしたらパパって答えたんです。ああ、この子やっぱり寂しいんだなって、申し訳なくて思わず、きっとかなうよって言ってしまって」

芹奈は店舗の方に顔を向ける。壁を透かして寂しがっているりりあが見えているかのように、悲しそうに。

「りりあが、町で出会う男の人にパパって言って寄っていくんです。でもみんなパパじゃないよって言うんですよね、あたり前ですけど。そのたびにりりあはがっかりして、泣きそうになるんです。私そのたびにまた、きっとパパは見つかるよって言っちゃって。昨日も駅前であなたを見つけたら、りりあが走っていっちゃって」

「あのときは少し驚きました」

「ごめんなさい。あなたがあんまりいい人そうだったから調子にのっちゃって」

真面目な表情で芹奈は頭を下げた。

「りりあにパパって呼ばれても嫌な顔をしないでくれてありがとう。あの子、本当に嬉しそうでした」

「お父さん役に選んでもらって光栄ですよ」

芹奈は顔を上げると照れ笑いを浮かべた。

「りりあはとってもいい子なんです。きっとパパにとって自慢の娘になります」

オーブンから取りだした、ほかほかのボーロを天板から下ろして冷ます。

その間、手が空いた芹奈は店舗へ戻った。りりあは遊び疲れて久美に抱かれ、ぐっすりと眠っていた。

芹奈の視線に気づいた久美が顔を上げた。芹奈に向けた視線が先ほどまでとは違うやわらかいものに変わっていた。芹奈は不思議そうに久美を見つめる。久美は笑顔で芹奈に尋ねた。

「たまごボーロ、出来上がりました？」

「あ、はい。冷めたら出来上がりだそうです」

「ママ……」

芹奈の声を聞きつけたりりあが、眠い目をこすりながら久美の膝から滑り降りる。よたよたと歩いてきたりりあを芹奈は腕を広げて抱きとめた。

久美は立ち上がると、勢いよくぺこりと頭を下げた。

「あの、さっきはすみませんでした」

芹奈は首をかしげる。

「さっき？」

「たまごボーロを作るっていうときに、横から口を出して邪魔したりして。自分でもどうしてあんなにムキになったのかわからなくて。本当にすみませんでした」

芹奈はじっと久美を見つめた。

「あなたはとても素直な方なんですね」

「そんなことないです」

「大切なものを渡したくないっていう気持ちはよくわかるわ」

「大切なもの……？」

きょとんとしている久美に、芹奈は「そのうちわかるわ」と呟くように言う。ますますわからないという表情の久美に、芹奈は笑顔を向けた。

「あなたにりりあがすぐになついているのを見て、私、嫉妬しちゃいました。面倒をみてもらっているのに、まるでりりあを取られたような気持ちになって。この子を誰にも渡したくないって思ったんですよ。私にとってなにより大切なものはりりあだから」

久美はりりあの安心しきった顔を見て、ふわりと微笑んだ。

「りりあちゃんにとっても、なにより大切なのはお母さんですよ。すごいですね、りりあちゃん」

「え？」

「りりあちゃん、芹奈さんのことなんでも知っているみたい。ママがね、ママがねって一生懸命お喋りしてくれましたよ」

芹奈は優しい目で、まだ眠そうにしているりりあを見つめた。

「なんでもなんて知らないですよ、子どもなんですから」

久美はふふふっと笑う。

「なんですか？」

久美は芹奈にだけ聞こえるように、小声でささやく。

「ママは王子様を待ってるんだよって言っていました」

芹奈の顔が一瞬で真っ赤になった。

「今年のプレゼントはね、王子様が迎えに来てくれますようにって、ママはサンタさんにお願いしたんだよって」

あまりにも恥ずかしくて、芹奈は久美に返事することもできず、ごまかすように、りりあをぎゅっと抱きしめた。

ガラスの小鉢に山と積んだたまごボーロを持って、荘介が厨房から出てきた。

「まだちょっと温かいですが、もう食べられますよ」

お菓子の匂いにりりあは首を伸ばし、視線が小鉢に釘付けになった。

「ちょうだい、ちょうだい」

りりあが芹奈の服を引っ張る。芹奈は荘介から小鉢を受け取ると、りりあの口にたまごボーロをそっと運んだ。りりあは、あーんと大きく口を開けて、ぽとりと口に落ちたボーロを噛みしめた。芹奈はりりあがたまごボーロを飲み込むまで不安げに見つめ続けていた。

「美味しーい」

両手でほっぺたを包んでにっこりと笑うりりあを見て緊張が解けた芹奈の顔にも、笑顔があふれる。

「本当に？　本当にママの作ったたまごボーロ美味しい？」

「うん！　美味しい！　あまーい」

芹奈はとろけそうな笑顔を浮かべる。

「ママ、もう一つ、もう一つ」

ねだられるままに、りりあの口にたまごボーロを運ぶ。喜びがだんだん大きくなっていく。与えることはこんなに幸せなことだったんだと思いだした。毎日の生活に追われてこんな大事なことをすっかり忘れていた。

芹奈は赤ん坊のりりあにミルクをやっていた頃を思いだした。自分より少し高いりりあの体温を感じ、体の隅々まで幸せが満ちていったことを。

「ママも、はい。あーん」

りりあが小鉢からたまごボーロを一つつまみ、背のびをして芹奈の口に入れてくれた。噛みしめるとサクッとして懐かしいような切ないような、優しい甘さが口の中に広がっていく。

「美味しい？」

「うん、すごーく美味しい」

「もう一個食べる？」

りりあは上目遣いで芹奈を見上げる。

「ママはもう一個食べないの？」

本当はたまごボーロを一人占めしたいのに、自分にも食べさせようとするりりあの気持ちが嬉しくてしかたない。芹奈はりりあの瞳を覗き込んだ。その瞳いっぱいでりりあは芹奈を見つめている。

「これはママがりりあのために作ったんだから、全部りりあに食べて欲しいな」

りりあは花のような笑顔で頷くと、小鉢の中のたまごボーロをさくさくと、あっという間に食べてしまった。

「ママ、だーいすき」

勢いよく抱きついたりりあをぎゅうっと抱きしめ返した芹奈の目に、うっすらと涙がにじんだ。


「今日はどうもありがとうございました。またお店に来てもいいですか？」

荘介に見送られて店の外に出た芹奈は、眠ってしまったりりあを抱いていた。荘介はりりあの頭を撫でてやりながら答える。

「もちろん、いつでも大歓迎ですよ」

芹奈は眉根を寄せて困っているような笑顔を見せた。

「りりあがあなたのことを『パパ』って呼んだときのこと、私たぶんずっと忘れないと思います。それくらい驚いたんですよ。あなたは、りりあに『パパ』って呼ばれても否定しないし、この人ならもしかしたら、本当にりりあのパパになってくれるかもしれないって、私も思っちゃって」

抱いているりりあの頭に、芹奈は小さくキスをした。

「でもクリスマスにはまだまだ早いもの。サンタさんがプレゼントをくれるなら、もう少し先ですよね」

芹奈は、黙って聞いている荘介の顔を覗き込んだ。

「久美さんのこと、どう思っているか聞いてもいいですか？」

荘介はちらりと店の方を振り返る。久美はイートインスペースのかたづけに集中している。その姿をじっと見つめて、荘介は答えた。

「大事な人です。この店にとって不可欠な」

芹奈は真っ直ぐに荘介の目を見上げて尋ねる。

「あなたにとっては、大事じゃないんですか？」

荘介はしばらく黙っていたが、とても重要なことのように生真面目な様子で口の前に人差し指を立ててみせた。

「ひみつです」

芹奈はなにか納得したように頷いて、学校の先生のような口調で言った。

「あんまりいい人すぎると、大事な人に誤解されちゃいますよ」

「気をつけます」

生徒のように素直に答えた荘介と微笑みあって、芹奈は店に背中を向けた。

「ばいばい、パパ」

そう言うとりりあを抱きしめて振り返らずに、住宅街の方に歩いていった。

「荘介さん、芹奈さんとなにをお話ししていたんですか？」

カランカランとドアベルを鳴らして店の中に戻ってきた荘介に、久美は首をかしげて尋ねた。

「僕の一番大切なものについて語りあっていました」

「一番大切なもの？　それってなんですか？」

荘介はまた口の前に指を立てた。

「ひみつです」

久美はぷうっと頬を膨らませた。

「私には内緒なんですね」

荘介は久美の目を静かに見つめる。

「いつか、話すよ」

常になく真剣な荘介にひるんで目をそらしながらも、久美は唇を尖らせる。

「いつかなんて信用できません」

「じゃあ、指きりしよう」

荘介が立てた小指につられて久美が小指を立てると、そっと荘介が小指を絡めた。繋いだ小指が恥ずかしくて、でも嬉しくて。久美は子どもの頃を思い出してくすぐったい気持ちになった。

約束した『いつか』が来るのが待ち遠しくて、でもなぜか恐いような気もして。久美は初めて感じる複雑な感情を心の奥にそっと隠した。

海と空のライムパイ

月に一度、久美は必ず百貨店めぐりをする。その趣味を久美は『偵察』と呼ぶ。今朝も母親に「偵察に行ってくる」と言って朝早くから出かけようとした。

「こんなことを言った偉人がいるわ」

玄関まで見送りにやって来た母、直子(なおこ)が厳かに喋りだした。久美は驚いて立ち止まり耳をかたむけた。

「ひと口ひと口の試食の力は小さいけれど、みんな集まれば大きなカロリーになる」

「……それ、誰が言ったの」

「あなたの母、斉藤直子さんです」

「真面目に聞いて損した」

久美は一瞬、カロリーという言葉に動揺した自分に腹を立てて、ぷいっと母親に背を向けて家を出た。直子はくっくっくっとしのび笑いを漏らしつつ久美を見送った。

百貨店が集まる繁華街・天神までやって来て、まずはひととおり各百貨店でどんな催しが行われているか見て歩く。半径一キロ圏内に三つの百貨店と五つのファッションビルが集まっているので、軽い散歩感覚で何度も往復できる。久美はぐるりと一周し、さらに逆回りにもう一周した。

どの店舗から攻めるのか決めあぐねていたのだ。百貨店ではそれぞれ、大北海道展、イタリア展、東北の物産展が開催されており、どこも美味しいものを取り扱っている。イートインコーナーもそれぞれの催事場で趣向を凝らしていて、北海道の寿司、イタリアのピザ、東北の日本酒と珍味、どれも気になる。とりあえず、イートインはあとで決めることにして片っ端から覗いてみようと手近な大北海道展から攻めることにした。

催事場は開店から間がないにもかかわらず既に人で埋めつくされていた。冬の寒さはどこへ消えたやら、すごい熱気だ。通路を歩こうとするとぎゅうぎゅう押されて真っ直ぐには歩けない。さらに、あちらこちらから試食品をつき刺した爪楊枝が差しだされて、久美は右に左にふらふらと蛇行しながら進んだ。

北海道新鮮ミルクのチーズケーキ、ニシンの酢漬け、ハムやチーズ、片っ端から試食して北海道を縦断した。

次は隣の百貨店のイタリア展に攻めこもうと、お隣と繋がっている地下通路に向かうべくエレベーターに乗った。

エレベーターのドアが開くと、そこはデパ地下、魅惑の空間。時を忘れて見入りそうになる。輝かんばかりのこの場所こそ、久美の本当の『偵察』活動の場だった。

イタリアは一時忘れて地下を練り歩く。数ある菓子店を軒並み視察して、季節に合ったお菓子とはどういうものか見て周る。今はフルーツが流行っているのか、和か洋か、それとも贈答菓子か。新規参入の珍しいものがあるのか、温故知新の時代なのか。鋭い視線でショーケースを覗く。

店員の接客態度のチェックも怠らない。人のふり見て我がふりなおせ。それが久美の『偵察』の一番の目的だった。

さすがに百貨店勤務の売り子はそつがない。笑顔もきれいで親切だ。いいところはどんどん見習うべく熱心に見学していたが、ふと目の端に不穏なものを見た気がして通路に目をやった。

女性客が多い中、数メートル先にチェックのシャツをジーンズの中にきっちりと入れた猫背の青年が歩いている。洋菓子の店を数店舗見て歩き、うろうろしてからある店舗のショーケースに近づいて店員に声をかけようと口を開けた。

「お客様」

青年は背中から聞こえた声に驚いて振り返った。いつの間にか青年の背後に忍び寄っていた久美は渾身の笑顔を浮かべた。

「お伝えしたいことがございます。少々お時間をいただけますか？」

　青年は頬を引きつらせて固まった。


　久美に先導されて人の少ないエレベーターホールに移動した青年は、びくびくしながら次に起きるであろう久美の怒りの大爆発に備えた。しかし青年に背中を向けたままの久美は、うなだれたままなにも言わない。

「あの……、久美？　お伝えしたいことってなに？」

「私は悲しいわ、藤峰（ふじみね）」

「え？」

　久美は暗い声で静かに、芝居がかった口調でうったえる。

「私、藤峰は高校時代から変わらず信頼できる友達だって思ってた。なにかあったら頼ってきてくれるだけの信頼を私はもらってると思ってた。でも、違っていたのね」

「え、えっと、その……」

「まさか藤峰がお菓子を買うときに、うち以外を選ぶなんて」

「いや、これはその、あの、だって……」

「もう私、藤峰のこと信じられないかも」

「そんなこと言わないでよ、僕が悪かったよ。でもさ、今日はお店の定休日じゃないか。他のお店で買うしかないでしょう」

「あ、そりゃそうか」

けろりとした顔で久美は振り返る。怒っても泣いてもいない久美の様子を見て、藤峰透（とおる）は大きく安堵の息をついた。

「もう、脅さないでよ。僕だって買えるものなら『お気に召すまま』で買いたかったよ。陽（よう）さんもすごく気に入ってくれてるし」

「えー！　もしかしてまだお付き合い続いてると！」

藤峰は、じとっとイジけた目で久美を見る。

「陽さんと付き合い続けてるって言っただけで、なんで毎回驚くのさ」

「だって、あんだけきれいな星野（ほしの）さんが藤峰なんかとって思ったらさ、もう不思議で不思議で」

「藤峰なんか、ってなんだよ。信頼できる親友じゃなかったのか」

久美は小首をかしげて眉根を寄せた。

「親友ってだれが？」

「……もういいよ」

本格的にイジけてしまった藤峰には気づかず、久美は明るく話し続ける。

「前もって言ってくれとったら定休日でもお店開けるのに。水臭かねえ」

「今日は突然だったんだよ。陽さんが風邪をひいたって言うからお見舞いに行くんだ」

「へえ、殊勝な心掛けやん」

感心感心と珍しく褒めてくれる久美に、藤峰は気を良くして尋ねた。

「久美はお見舞いになにをもらったら嬉しい？」

「そうやねえ」

久美は人差し指を頰にあててしばらく考えた。

「現金？」

「……久美に聞いた僕が間違ってたよ」

藤峰はがっくりと肩を落とした。

結局、のど越しがよく滋養も取れるということで、とろける食感と謳っている金柑ゼリーを買い、藤峰は地上に上がった。なんとなくついてきた久美は、百貨店の目の前のバス停で藤峰を見送ることにした。藤峰は横目で久美を見ると深いため息をついた。

「そんなににらまなくても『お気に召すまま』にはまた行くよ」

「にらんでないやろ、失礼な。優しく見送ってあげようとしてるやんか」

「カエルを見つけたヘビみたいな目をしてるんだもん」

「誰が爬虫類よ」

「そうだ、そうだよ！」

「なに、爬虫類がどうかした？」

「いや、それはどこかに置いといてよ。明日、お店に行くから。荘介さんに相談があるって言っておいて」

「相談って？」

「あ、バスが来た！」

「ねえ、相談って？」

「明日話すってば。このバスに乗らないと次は一時間後だよ。じゃあ、よろしくね！」

「あ、ちょっと……」

藤峰は久美の手を振り切ってバスに乗った。心は既に愛しい恋人のもとに飛んでいってしまっているようで、きらきらした目で前だけを見ている。

「恋は盲目って、こういうことか」

また一つ勉強になった。久美は一軒目の百貨店の『偵察』に大満足して、次のイタリア展へと足を向けた。

翌日の夕方、カランカランとドアベルを鳴らして藤峰がやって来た。久美は取りかかっていた事務仕事から目を上げて、ドアに近づいた。藤峰はおののいて一歩あとずさる。

「え、どうして？」

「どうしてってなにが」

「僕を追い返すつもりでしょ」

「違います。お出迎えしてるだけです」

「まさか！　久美が！」

本気で驚いて口をあんぐり開けた藤峰に久美はカチンときたが、今日はなにも言わずイートインスペースに招いた。

「いいお知らせと悪いお知らせがあります。どっちを先に聞きたい？」

「えー……。じゃあ、いいお知らせ」

「荘介さんはいませんが、帰ってくる予定があります」

「普通のことじゃないか。じゃあ、悪いお知らせってなに」

「荘介さんが帰店時刻をメモに残していきました」

「へえ、珍しい。でもそれはいいことじゃないの？」

久美はエプロンのポケットからそっとメモ紙を取りだして藤峰に差しだした。受け取って開いてみると、荘介からの伝言が書かれていた。

「藤峰くんへ。九時には帰ります。……くじ？」

「そう、九時。ちなみに私の勤務時間は七時までだから」

「僕はそのあとどうすればいいわけ」

「お店の前で待ってたら？」

「いやいやいやいや、店の中で待たせてよ」

「営業時間外は関係者以外立ち入り禁止」

「久美がいてくれたらいいだろ」

「勤務時間は七時まで」

「じゃあ、僕にどうしろっていうのさ」

久美はしばらく考えてから軽い調子で答えた。

「お店の前で待ってたら？」

「この寒空に！　凍っちゃうよ！」

藤峰の大声に久美は耳を塞ぐ。

「あー、もう、うるさか。わかったわよ。残業するわよ」

「よかったあ……」

「残業代は藤峰に払ってもらうけんね」

「え、うそ」

「本当」

「貧乏大学生にそんな無茶な」

「なんなら体で払ってくれてもいいとよ」

「うえ⁉」

カエルが悲鳴を上げたような声で呻いて両手で自分の体を抱きしめた藤峰を、久美は半眼で見やる。

「心配しなくても藤峰を買ってくれるような色街はないけん」

「そ、そうだよね。あー、びっくりした。それじゃ、体でっていうのは」

「労働」

「……だよね」

藤峰は高校時代から知っている、久美の人使いの荒さを思って遠くを見つめた。

午後九時きっかりに重そうな段ボール箱を抱えた荘介が店に戻ってきた。

「おかえりなさい、荘介さん」

「あれ、久美さん。残っていてくれたんですか」

「はい。藤峰がどーーーーーーーーしても！　一生のお願いだから！　一人じゃ怖くて夜眠れなくなるからと、泣いて頼むので」

「それはまた豪儀なお願いですね。高くつきそうだ」

荘介がイートインスペースに目をやると、藤峰がうつろな目をしてテーブルにつっ伏していた。

「久美さん、藤峰くんをこき使ったんですか？」

「まさかそんな。ちょっと手伝ってもらっただけです。店中の電球の取り換えと、窓拭きと、床のワックス掛けと、バンちゃんの洗車と、それから……」

「うん。よくわかりました。こき使ったんですね」

荘介は藤峰の側に歩み寄ると「ご苦労さま」と優しく声をかけた。

「僕を置いてどこに行ってたんですかあ……」

「ちょっと果物狩りにね」

「ひどい……。僕より果物の方が大事なんですね」

荘介が床に下ろした段ボール箱の中を覗いて収穫物を確認しようとしていた久美が、
荘介の代わりに藤峰に現実をつきつける。

「果物には旬があるけど藤峰はずっと時代に取り残されてるけん、急ぐ必要ないもん」

藤峰はしばらく黙って床を見ていたが、毅然とした視線で荘介を見つめた。

「……荘介さん。僕、思い知りました」

「なにをですか？」

「僕は今まで久美を鬼だと思っていました」

荘介の背後で久美が目を吊り上げる。

「ですが、今日わかりました。久美は地獄の獄卒です。僕を責めさいなむ存在なんです。

僕は、僕は永遠にこの地獄をさまようんだあ……」

久美は目を三角にして藤峰に詰め寄る。

「なんば言いよっと！　地獄に落ちるようなことばっかししよるけんが、そげんなるったい。だいたい藤峰はいっつもテレンパレンしとるけんが……」

「……久美は自分が獄卒だってことは認めるんだね」

「せからしか！」

いきりたつ久美の肩をぽんぽんと軽く叩いて落ち着かせ、荘介は藤峰を地獄から救い上げる蜘蛛の糸を垂らしてやった。

「藤峰くんがそんなにがんばるということは、陽さんがらみですか」

恋人の星野陽の名前を聞いて、藤峰の目に輝きが戻る。

「そうです！　陽さんのためにお菓子を作ってください！」

勢いよくテーブルから身を起こした藤峰は、全幅の信頼を込めた目で荘介を見上げた。

「合格おめでとうケーキを！」

荘介と久美は目を見合わせて首をかしげた。代表して久美が藤峰に尋ねる。

「星野さんはなにか試験を受けとうと？」

「いや、陽さんじゃなくて弟さんなんだ。航空専門学校の入試を受けるんだ」

「こんな時期に？　まだ十一月やけど」

「専門学校は早いところもあるんだよ」

「合格したと？」

「合格するんだ」

「結果が出たと？」

「結果はまだ先だけど」

「まだ先って、いつ？」

「来月」

久美は荘介を見上げた。荘介は肩をすくめて関わりあいになりたくないなあ、と態度で表す。しかたなく久美がもう一度わかりやすく尋ねた。

「言いよることが、よくわからんっちゃけど。なんで合格発表の一か月も前に合格祝いのケーキを予約すると？」

「善は急げって言うだろ」

全力を尽くしたという思いを目力に込めて、久美は今度こそ会話のバトンを手渡すべく荘介を見上げた。荘介は苦笑いで久美が言いたいことを藤峰にずばりと伝えてやる。

「気が早いよね」

藤峰はぽかんと口を開けて驚いている。いつも以上に間が抜けた藤峰の顔を嫌そうに見ていた久美は、藤峰の口をふさぐためにコーヒーを淹れた。

たっぷり三分以上口を開けっぱなしだった藤峰は、コーヒーの湯気で気を取り直したらしく、なんとか真顔に戻った。それに安心した久美も椅子に落ち着く。

「気が早いって言うより、盲目やね、藤峰の場合」

「盲目ってなにさ、ちゃんと前を見てるよ」

藤峰は顔の両わきに手をあてて、まっすぐ前に伸ばしてみせた。

「そのポーズは世間一般では周りのことが見えてないときに使うとよ」

「え、そうなの」

久美が頭を抱えて黙ってしまっても、藤峰はおかまいなしに喋り続ける。

「気が早いなんてことはないんだよ。合格間違いなしなんだから。なんせ陽さんの弟さんだからね。航空業界は狭き門で、しかも特待コースだから浪人することも少なくないそうなんだ。けど、弟さんは違うんだ。未来は弟さんのために輝いているんだよ」

荘介は横目でちらりと久美を見たが、久美もちらりちらりと荘介の様子をうかがっていた。どう言えば藤峰の無謀な計画を止められるのか考えつかず、荘介はため息をつきながら一応、聞いてみることにした。

「それで、どんなケーキがいいのかな」

「どでかくて、華麗で、華々しく、華があり、華やかな……」

いつまでも「華」という言葉を続けそうな藤峰のセリフに、荘介が割り込む。

「それ、同じことしか言ってないよね。とにかく見た目が豪華なものがいいっていうことはわかったよ」

「それでなにか、未来に向けて縁起がいいというか、ラッキーアイテムになるっていうか、お守り代わりになるっていうか、食べるとパワーが出るっていうか……」

「うん。とにかくおめでたいものがいいわけだね」

「さすが荘介さん！　なにも言わなくても客の求めているものがわかるんですね！」

久美は心の中で「全部口に出してたやんか」と呟いたが、言っても空しいだけだとわかっているので突っ込むのはやめておいた。

「とにかく構想は練っておくよ。合格発表のあとにもう一度予約に来てくれるかな？」

「いえ、今日お願いします！　善は急げですから」

藤峰の性格をよく知っている久美は、これ以上なにを言っても押し問答になるだけだと予約票を取ってきてペンと一緒に藤峰に差しだした。藤峰は嬉々として必要事項を記入していく。予約品名の欄には『合格おめでとうケーキ（おめでとうのプレート付き）』と手馴れた様子で書き込んだ。

「合格発表の日に陽さんのお宅でサプライズパーティーを開きます。その日に受け取りに来ますから、よろしくお願いします！」

深々と頭を下げて藤峰は帰っていった。久美は疲れ果てて椅子の背もたれにぐったりと体を預けた。

「藤峰は弟さんが不合格だったらどうするつもりなんでしょうね」

「そんなことは考えも及ばないんでしょう」

「でも、もし不合格だったらパーティーもおめでとうケーキも、弟さんにはつらいものになるんじゃないでしょうか」

「そこは残念会にでも変更すればいいんじゃないかな」

「でも、ケーキの『合格おめでとう』のプレートは、ででん！とケーキの上にのっかったままですよ」

　荘介は腕組みして天井を見上げた。

「それはまあ、追い追い考えるよ。なんせまだ一か月もあるんですから」

　そこで会話を切り上げると、荘介は今日の収穫の入った段ボール箱を抱えて厨房へ運んでいく。

「そうだ。それはなんですか、荘介さん」

　ちょよこちょことあとについてきた久美に、段ボールの中身をひとつ手渡してやる。

「わあ、緑のレモン」

「これはライムですよ。レモンより丸くて香りが強いです」

　久美は段ボール箱に顔を突っ込んで匂いを嗅いでみた。言われてみればなんとなくレモン独特の酸味の勝った香りより、もっとやわらかな香りのような気がした。

「うーん、なんとなくレモンとは違うかな？って感じがします」

「明日、切ってみましょう。今日はもう遅いですから家まで送っていきますよ」

「えっ！」

久美は不意をつかれてうろたえた。視線をきょろきょろと動かし逃げ場を探す。荘介は不思議そうに久美を観察している。

「えっと、あの、ちょっと寄り道するところがありまして」

「そうですか。ではそこまで送っていきますよ」

「いえ、荘介さんはお忙しいでしょうから、わたくしのことは大丈夫でございます」

「なんですか、そのヘンな敬語」

荘介は呆れ顔だ。夜道を二人きりで歩くことへの緊張より、荘介に呆れられるショックの方が強くなって、久美の動きが一瞬止まった。

「久美さん、どうかしましたか？　なにかへんですよ」

「いつもと同じです！　大丈夫です！　あの、私本当に一人で大丈夫ですから。お疲れさまでした！」

久美は勢いよく頭を下げると、コートとカバンを引っ掴み、店を飛びだしていった。

一人取り残された荘介は、わけがわからずに久美が走り去る背中を見つめた。

翌朝、久美はできる限り普段どおりの様子を装うために作り笑いを顔に張り付けて厨房に入った。

「おはようございまーす」

荘介はちらりと久美の顔を見て、すぐに顔を背けて吹きだした。

「な、なんですか、なんで笑うんですか」

「久美さん、歯に青のりが付いていますよ」

「え、うそ!」

久美は洗面台に飛びついて鏡の前でイーッと歯をむきだしにした。たしかに前歯にくっきり一枚、青のりがトッピングされていた。慌ててうがいで青のりを洗い流す。

「朝からお好み焼きでも食べたんですか?」

「いえ、あの……。ところてんに青のりと魚粉をかけて食べていまして」

「ああ、ダイエットですか」

なんとか笑いやんだ荘介が、けろりとした顔で久美の重大な秘密を見破った。

「なんでわかったんですか!」

「わかったもなにも、ダイエットは久美さんの趣味でしょう?」

「趣味じゃありません!」

「あれ、そうなんですか。それにしては頻繁にダイエットしていますよね」

久美は情けなく眉を八の字に下げて泣きそうになっている。

「なんで知ってるんですかあ」

「直子さんから折に触れ、お聞きしていますよ」

母の名前が出てきて久美は愕然とした。情報漏洩の元凶、まさかの伏兵がこんな身近にいようとは。

「ダイエット中ならシロップはない方がいいですね」

荘介はお菓子の陳列の手を止めて、冷蔵庫からジンジャーエールの瓶を取りだした。

冷蔵庫の扉を閉めるときに中が見えたが、ジンジャーエールの瓶が数種類並んでいた。

「荘介さん、それはイートイン用の飲み物ですか？」

「いえ、昨日のライムの味を見てみようと思いまして。カクテルを作ろうかと」

「朝からカクテルですか？」

「もちろんノンアルコールですよ」

昨夜の段ボール箱からライムを二つ取りだした。グラスも二つ、そこにライムの果汁を搾って氷を入れる。ジンジャーエールを注ぎ、バースプーンでくるりと混ぜる。くし形に切ったライムを飾り付けてグラスを久美に差しだした。

「サラトガクーラーです」

久美はグラスに鼻を近づけて匂いを嗅いだ。

「爽やかな香りがしますね」

ひと口飲んで、グラスを目の高さに上げてしみじみと見つめる。ジンジャーエールの金色に緑のライムが映える。

「かなりの量の果汁を入れていたのに、レモンよりずっと酸味が控えめ。飲みやすいですね。さっぱりします。夏っぽい気もするけれど、わざわざ果物狩りに行ったということは今が旬なんですか」

「収穫は秋から冬にかけてですね。ヒマラヤ付近の原産らしく、寒さにも強いんですよ。お酒との相性が抜群だからカクテルバーには欠かせない果物ですね」

「お菓子屋さんではなにに使うんですか？」

荘介は腕組みして微笑む。

「王道でライムパイにしましょう」

「柑橘系のパイって珍しいですね。私、みかんパイくらいしか知りません」

「パイといってもパイ生地ではなくて、グラハムビスケットとバターを混ぜたクラスト生地で作るんだ。アメリカではキーライムという小粒の品種を使うけれど、普通のライムでも美味しくできるよ。香りは少し違うけれど」

店で出しているビスケットが、今朝は袋詰めされずに調理台の上に残っている。

「もしかして、今から試作するんですか？」

「そのつもりでしたが、久美さんがダイエット中ならやめておいた方がいいかな？」

久美の答えはわかりきっているのに荘介は毎度毎度、楽しそうに尋ねる。久美はむうっとしかめっつらをしたが、「試食させていただきます」と潔く宣言した。


ひととおり開店準備が整うと、荘介はライムパイ作りに取りかかった。

グラハムビスケットを細かく擂りつぶす。試作品を作るときは材料の量が少ないので、荘介は小ぶりな擂り鉢を使う。

ビスケットの粒が多少残る程度の粉状にしたら、溶かしバターをよく混ぜ込んでパイ型に敷き詰める。

その生地を型にきつく押し付けてから、冷蔵庫で冷やし固める。

固まるまでにパイのフィリングを作る。

準備したのはライム、卵黄、コンデンスミルク。

ライムをごろごろ用意して大量の皮を擂りおろし、たっぷりの果汁を搾っておく。

厨房にライムのやや苦みのある澄んだ香りが広がった。その香りを嗅ぎつけて、久美がひょっこりと厨房にやって来た。

「ライムがすごく香ってますね」

「結構な量の果汁を使いますから。材料のコンデンスミルクとライム果汁の酸の化学反応でフィリングが固まるんですよ」

「わー、化学の話になった」

久美は両手で耳をふさいだ。

「久美さんは化学は苦手科目でしたか」

「聞こえなーい、聞こえなーい」

「そうそう、ライムのおまけにみかんをいただきましたから、食べていいですよ」

久美はぱっと手を放して笑顔を見せる。

「え、本当ですか。いただきます」

「それで、先ほどの酸の反応の話ですが」

慌ててまた耳をふさぎ「聞こえなーい」と念仏のように唱えながら、久美は店舗の仕事へ戻っていった。その後ろ姿を楽しそうに見送って、荘介も作業に戻る。

卵黄とコンデンスミルクを十分に混ぜあわせ、ライムの皮の擂りおろし、ライムジュースの順に加える。

さっと混ぜてとろみがついたフィリングを、冷やし固めておいたクラスト生地に流し込んで馴染ませる。

それをオーブンで焼いている間にメレンゲを作る。

卵白を泡立てつつ砂糖を少量ずつ加え、しっかりツノを立たせる。

オーブンからパイを取りだし、メレンゲをのせる。中心から外へ向かって四本の溝を刻んでおく。メレンゲを焼くために再び型をオーブンに戻す。

メレンゲにところどころ軽く色がついたら焼き上がり。粗熱が取れるのを待って冷蔵庫で冷やす。

ライムを半円状に薄くスライスする。

冷えたパイの上にライムを大量に飾る。メレンゲに刻んだ線に沿ってライムを重ねてぎっしりと並べていく。

出来上がりに満足した荘介は、店舗に久美を呼びに行った。

「久美さん」

店のパソコンをいじっていた久美が慌てて背中でディスプレイを隠した。

「どうしたんですか、そんなに慌てて。裏帳簿でもつけていましたか」

「そんなもの、うちにはありません！　ちょっと調べ物をしていただけです」

「もしかして乳製品と酸の化学反応についてですか？」

秘密を軽く見抜かれた久美は、情けない顔になって荘介に尋ねた。

「どうしてそうやってすぐ、私のしてることあてちゃうんですか」

「それはいつも久美さんのことを見ているからですよ」

久美は慌てて荘介から視線をそらすと、深い意味はない、なんでもないことだと自分に言い聞かせながら心を落ち着けようとした。

「わ、私を観察するのが趣味なんですか？」

「そうですね。久美さんを見ているときが一番楽しい時間ですね」

荘介の優しい声が久美の心を跳ねさせる。荘介と指切りしたときのことをなぜか突然思いだして、顔が熱くなった。指切りなんて子どもだってするんだから、普通のこと。

そんな変な言い訳を頭の中でこねくり回す。

「久美さん、ライムパイができたので試食をお願いします」

いつもなら飛び上がるようにして厨房に駆けていくのだが、今はなぜか足が動かない。

久美は必死に普段どおりに振る舞おうとしたが体が思うとおりに動いてくれない。

「あの、あの、ちょっとここをかたづけてから……」

「急ぎませんから、一段落してからでいいですよ」

荘介が厨房に戻っていく。すぐにでも追いかけたい気持ちがあふれてくる。けれど足が動かない。久美は思うとおりに動かない体を持てあまして途方に暮れた。

それからすぐに客がやって来て途切れることなく接客を続け、久美が厨房に入れたのは夕方遅くになってからだった。仕事に没頭したおかげで落ち着いていたはずのそわそわした気持ちがまた騒ぎだして、手をぎゅっと握って普段どおりに笑えますようにと祈りながら、震えそうになる足で荘介の側まで歩いていった。

「お疲れ様です、久美さん」

翌日の仕込みを始めていた荘介が、手を止めることなく声をかけた。そのいつもどおりの対応にほっとした久美はそっと顔を上げたが、荘介と目が合いそうになってまた俯いてしまう。

「ライムパイの試食、お願いできるかな」

子どもをあやすような優しい声が久美の心を刺激する。それがくすぐったくて、くすぐったくてたまらない。

荘介は返事ができないでいる久美に近づくと、ぽんと頭を撫でてやった。久美は恥ずかしくて逃げだしたくなるのをぐっとこらえた。

「えっと、試食……、ですよね」

「はい。美味しくできていると思いますよ」

荘介が冷蔵庫からライムパイを取りだしている間に、久美は深呼吸を三回してなんとか顔を上げた。試食は大事な自分の仕事だ。そう言い聞かせて調理台に歩み寄った。

「わあ、きれい！」

ライムパイを一目見るなり、久美は緊張を忘れた。

真っ白なメレンゲの上に、鮮やかなグリーンのライムが四葉のクローバーのように広がっている。ところどころにこんがりとした焼き目がついていることで、大理石のレリーフのような重厚感が生まれている。

「色どりは派手じゃないのに、すごく華やかですね」

お菓子を前にしていつもの調子を取り戻した久美に、荘介も切り分けたパイをのせた皿をいつもどおりに差しだした。嬉々として受け取った久美はライムパイの断面をしげしげと観察する。

「上から白、黄色、茶色って少しずつ色あいが濃くなっていくのが面白いです。黄色が鮮やかで、ライムグリーンが映えますね」

フォークを刺すとふわっとした感触が久美の手に優しい。ひと口分きれいに切り取ったパイを、そっと口に入れる。

「ふわふわ！　だけどビスケットのクラストのおかげで嚙みごたえもあって、しっかりと食べ甲斐があります。フィリングがすごく甘いけど、ライムの酸味と苦みで口の中がさっぱりします」

先ほどまでおどおどしていた自分が、嘘のようにハキハキ喋れた。いつだって、美味しいもののことだけは素直に美味しいと心からの気持ちを伝えられるのだ。

久美はあっという間に一皿食べ終え小首をかしげてなにか考えている。お代わりするか悩んでいるのだろうかと荘介は久美のことはそっとしておいて自分もパイを頰ばった。

「荘介さん、合格おめでとうケーキ、このライムパイはどうでしょうか」

「真面目なことを考えていたんですね」

「え、なにがですか？」

「いえ、べつに。それで、ライムパイは今回の注文に合うと思いますか？」

「はい。見た目が華やかだけど派手すぎないし、甘さと苦さがあるのが大人っぽくていいんじゃないかと思うんです。あ、でも縁起がよくないといけないんでしたっけ」

「そうですね。縁起は悪くないでしょう。ライムは大航海時代に壊血病（かいけつびょう）の予防に使われていたと言われる救いの神ですし、ライムの花言葉も『あなたを見守る』となかなかいい言葉だと思います」

「ライムが四葉のクローバーの形に飾られているのもすごくいいです。それに、なにより美味しいです！」

いつもの元気が出てきた久美の様子に、荘介は目を細めた。

「では、予約の品は合格おめでとうライムパイにしましょう」

久美は元気よく頷いた。

＊＊＊

合格発表当日、藤峰は張り切ってパーティーの準備を進めていた。折り紙で作った輪飾りや紙花で星野家の居間を飾りつけた。星野家のみんなは藤峰の活躍をにこやかに眺めている。藤峰の恋人、星野陽は飾りつけを手伝いながら藤峰に話しかけた。

「透くん、本当にいつもありがとう。海もきっと喜ぶわ」

陽は弟・海の気持ちを代弁する。藤峰は恋人のしとやかで麗しい笑顔にデレデレになりながら準備をすすめた。

飾りつけがひととおり終わった頃、海が帰ってきた。家族揃って玄関で海を出迎える。

海は盛大な出迎えに驚くこともなく、穏やかな笑顔を浮かべた。

「だめだったよ」

帰宅の挨拶よりも先に海がこぼした言葉に、藤峰は驚いて口もきけない。陽が代わりに弟を慰める。

「残念だったわね」

「そうだね。でも、しかたないよ。僕の勉強が足りなかったんだから」

海は悔しがるでもなく、穏やかな表情のまま靴を脱ぎ、自分の部屋に向かおうとした。

藤峰は慌てて廊下の先にある居間の扉の前に移動して、海に居間のパーティー準備が見えないようにと立ちふさがった。

「どうしたの、透さん？」

海に聞かれて藤峰は半笑いを頬に浮かべ、冷や汗をかきながら海の視線をさえぎろうと腕をばたばた振り回す。

「な、なんでもないよ、なんでも」

ごまかそうとする藤峰の側に陽が歩み寄って、そっと藤峰の肩に手を置いた。藤峰は怪しい動きを止めて情けない表情を浮かべる。陽は弟とそっくりな穏やかな笑顔で、今日の藤峰のがんばりを話して聞かせる。

「あのね、海。合格おめでとうパーティーの準備ができているの」

海は一瞬、顔をゆがめた。藤峰は怒りだすのか泣きだすのかと身がまえたが、海はすぐに笑顔に戻った。

「ありがとう。せっかく準備してくれたのに不合格でごめん」

「ごめんなんて！　海くんはなにも悪くなんかないよ！」

両親も口々に海をなぐさめる。

「そうよ、海。今の時期なら他の学校がいくらだってあるわ」

「今回のことは忘れてしまおうや」

海は曖昧な微笑を浮かべて黙って頷いている。父親が言葉を続ける。

「海には向いていない学校だったっていうことだ。探せばもっと自分に合うところが見つかるさ」

両親に明るく笑ってみせる海。けれど藤峰には海が無理をして笑っているようにしか見えなかった。家族思いで優しい海はみんなの期待を裏切ったことを悲しんで、自分の気持ちを抑え込んでいるように思えた。だが、藤峰が海の落胆を慰める言葉を探しても、それ以上うまい言葉は出てこなかった。

「ねえ、海。お腹すいたでしょう。食事にしましょう」

陽の提案に藤峰はおそるおそる海に道を譲った。海は居間に入ろうとしてピタリと足を止めた。部屋の中の飾りをぐるりと見渡す。

「こんなにしてくれたのに、不合格でごめんなさい」

海が申し訳なさそうに頭を下げる。藤峰は慌てて壁の飾りを取り外しにかかった。

「いいよ、透さん。せっかくなんだもん。そのままで」

藤峰は両手に紙花を抱えてうろうろと視線を動かした。やっぱり海は無理をしている。なんとか海を力づけられないものか。

「そうだ海くん！　ケーキがあるんだよ、『お気に召すまま』の」

「本当？　嬉しいな。僕、『お気に召すまま』のお菓子大好きだよ」

やっと海の作り物ではない笑顔をみられた気がして、藤峰は嬉々としてケーキの箱をテーブルの真ん中に置き蓋を開けようとした。だがその手がピタリと止まる。

そうだ、ケーキには「合格おめでとう」というプレートがのっているはず。動きを止めた藤峰を不思議そうに見ていた海が、手を引っ込めた藤峰に代わって蓋を開けた。

藤峰は動けないまま恐ろしいものを見るような目で、箱の中から現れるケーキを見つめた。一瞬のことなのにスローモーションのように長い時間だった。

『がんばったね』

ケーキの上にのっているチョコレート製のプレートにはそう書かれていた。その言葉を読んだ海はしばらく茫然としていた。

「か、海くん」

藤峰の呼びかけもまったく耳に入らないようで『がんばったね』という言葉を見つめ続けている。

ぽろりと海の目から涙がこぼれた。涙は次々と流れて、海は次第に嗚咽を漏らしはじめた。腕で顔を覆ってしゃくり上げる。

「がんばったんだ、僕、がんばったんだよ。あの学校に行きたかった。でもだめだった。僕はだめだったんだ」

泣きじゃくる海を陽が抱きしめる。海は泣きやむことなく、涙はどんどん流れ続ける。

藤峰は慌てて両手を意味もなく振り回しながら口を開いた。

「大丈夫だよ、海くん！　全然だめじゃない！　僕なんか二浪だよ。浪人生活を二年もやったから傘張りがうまくなっちゃって」

海はぐずぐずと鼻を鳴らしながら「傘張り？」と尋ねた。

「あれ、知らない？　時代劇に出てくる武士の浪人はみんな傘に和紙を張り付ける内職をしてるんだけど……。浪人を引っかけたギャグだったんだけど……」

　落ち込んだ様子の藤峰に陽が無邪気に言う。

「透くん。私、時代劇を見たことがないから知らないんだけど、浪人さんってどんな試験に失敗したのかしら」

　天然な陽の言葉が海の胸をえぐるのではないかと藤峰は慌てたが、海は泣きながらも楽しそうに笑っていた。

「姉さん、浪人武士っていうのは試験に落ちたんじゃないよ。お殿様に仕えることがなくなった、失業したお侍さんのことだよ」

「あら、それじゃあ大変ね。生活はどうしていたのかしら」

「そのための内職なんじゃない？　ねえ、透さん」

　鼻声の海の質問に藤峰は勢いよく何度も頷いた。その一生懸命な姿がおかしくて海は笑いだした。

「じゃあ、僕も傘張りをしながらがんばるよ。武士は再就職だから大変だろうけど、僕は学生なんだ。まだまだ余裕があるんだもん」

「そうだよ、海くん！　まだまだ時間あるよ、まだ一浪なんだから」

海は涙を拭きながらくすくす笑いだした。

「透さんは僕が何浪もすると思っているみたいに聞こえますよ」

「え、そんなことないよ、誤解だよ。僕を反面教師にして真似したらだめって伝えようと思って……」

慌てる藤峰がおかしくて海は声を上げて笑った。海の笑顔に藤峰はほっと胸を撫でおろした。陽も両親もそんな藤峰に笑いかけてくれる。

「ねえ、ケーキを食べよう。チョコのプレートは僕がもらってもいいよね」

「もちろんだよ！　海くんのためのケーキなんだから。なんなら丸ごと全部食べてもいいんだよ」

海はまた笑う。

「こんなに大きなケーキ一人じゃ食べきれないよ。一切れでいいです」

藤峰は張り切って大きな一切れを切りだすとプレートを立てて海に手渡した。陽がそれを見て「ちょっと待って」と藤峰の手を止めた。

「海、そのプレート、裏返してみて」

首をかしげながら海がプレートを裏返すと『スタート！』という文字が書かれていた。

海は力強く頷く。

「そうだよ。今日からまた出発するよ」

海はみんなの顔をぐるりと見回す。両親も陽も藤峰も、海のあふれるような笑顔に圧倒されて、ただ見つめた。

「もう泣かないよ。だって、今日が僕のスタートなんだから。僕はあきらめない。どうしても行きたいならまた目指せばいい。絶対に一等航空整備士になる。もう一度、スタートする！」

力強く宣言した海は、なんだか一回り大きくなったようだと藤峰は思った。

海はチョコプレートを輝く瞳で見つめると、ひと口でぱくりと食べてしまった。

「がんばろう！」

自分で自分に活を入れて、海は新しい一歩を踏みだした。

ウェディングケーキは森の中

そのレストランは森の中にある。

福岡市近郊の糸島市には海があり、森があり、山があり、ゆったりと時間が流れる豊かな暮らしがある。

安西由蔵とその妻、美岐は、八百屋『由辰』を娘が継いだあと、福岡市内から離れ糸島に居を移した。古くから親交のあるシェフ、古賀譲を招いて、古民家を改装したレストラン『ほむら』を始めた。由蔵が目利きした地元の新鮮な野菜、美岐が漁師から直接買い付けるその日一番の魚、シェフである古賀がそれらを使って腕によりをかけた創作料理が客をもてなす。口コミでわざわざ遠方から足を運ぶ客もいる。店はなかなかに繁盛していた。

とある日曜日、由岐絵と紀之は隼人を連れて『ほむら』へ向かっていた。福岡市内から一時間ほど、のんびりしたドライブだ。チャイルドシートに座った隼人は、機嫌よく車窓を流れる風景を眺めてきゃっきゃと一人で遊んでいる。

「お義父さんたちに会うのも久しぶりだねえ」

「そりゃあ、忙しいから来るななんて言われたら、行くに行けないじゃないのさ」

「ははは、さすが由岐ちゃんの両親だよね。でも本当にレストランだと日曜日は書き入れどきだろうから、今日も忙しいだろうね」

『由辰』は日曜祝日が休みなのだが、『ほむら』の定休日は平日だ。由蔵と美岐は気が向いたときにひょいと隼人に会いに来るが、由岐絵からはなかなか会いに行けない。

それが『ほむら』に薪ストーブを導入してからは、休日には薪割りや燻製づくりに没頭しているらしく、両親が来る頻度が減った。冬本番のこの頃、薪ストーブの前でさぞや暖かに過ごしていることだろう。

由岐絵は、悠々自適にスローライフを満喫する両親の邪魔をすべく、今日はアポなしで突撃訪問することにしたのだった。

レストランの駐車場はほぼ満車で、店はいつもどおりにぎわっているようだった。隼人が紀之の手を引いて、よちよちと店の入り口に歩いていく。そのあとをのんびりついていく由岐絵を美岐がみつけ、店から飛びだしてきた。

「お母さん、お出迎えしてくれるなんて珍しいわね」

「由岐絵、さっさと来てちょうだい！　お皿運んで！」

「えええええ……。今日はお客として来たんだけど」

「お父さんが仕入れから帰ってこなくて手が足りないのよ。早くってば！」

母に腕を引っ張られて店に入ると、カウンターには出来上がった料理が三皿も溜まっている。しかたなく由岐絵はエプロンをつけて接客に臨んだ。

元来、器用な由岐絵は、見様見真似でそこそこの働きをしてみせた。美岐が料理を運び、由岐絵が皿を下げる。店の隅の席で隼人に食事をさせている紀之は、母娘の連係プレーを感心して見ていた。

昼の営業を終えた頃に帰ってきた父も交えて、由岐絵はやっと両親と話をすることができた。本物のモミの木を使ったクリスマスツリーの側のテーブルを家族で囲む。

「……というわけで、一応、群馬のお義母さんとは話がつきました。今までご心配おかけしました」

先だっての焼きまんじゅう騒動のことを話し終わり、由岐絵はぺこりと頭を下げた。

「でも向こうさんは、まだ隼人を養子に寄こせって言い続けてるんでしょ？」

由岐絵はため息をついて頷く。今度は紀之が頭を下げた。

「母がご迷惑をかけてすみません」

由蔵はいつもどおり、やわらかなバリトンボイスで紀之を気遣う。

「いや、それはいいんだけどね、紀之くん。本当に『由辰』のことは気にせんで由岐絵と隼人を群馬に連れていってくれても、うちはかまわんよ」

テーブルに差し向かいで座っている由岐絵が、由蔵に噛みつくように唸る。

「私がかまうわよ。店はたたまないって何度も言ってるでしょ」

「由岐ちゃん、そんなに怖い声出さなくても俺は福岡を離れる気はないよ。骨をうずめるつもりでやってきたんだ」

美岐が横からちゃちゃを入れる。

「紀之さんはたまに明治の人みたいな言葉を使うわよね」

「そうですか？」

「骨をうずめるって言っても、うちは納骨堂だから『格納される』って言った方があってるかもしれないわよ」

「そういえばそうですねえ」

「お母さんも紀之も、脱線してないでよ」

難しい顔をして二人のお喋りを止めさせてから、由岐絵はきちんと両手を膝に置いて本題を切りだした。

「今日はお願いがあって来たの。お店を貸し切りで使わせてほしいんです。日曜日に」

「そりゃあ、かまわないけど。なにをするんだ？」

　由岐絵は恥ずかしそうに俯いてしまった。その続きの言葉を紀之が引き継ぐ。

「結婚式を挙げさせて欲しいんです」

「ほほう！　そうか、忘れていたよ。落ち着いたら二人の式を挙げようと話していたよな。群馬の家と和解できたんなら、式にはあちらさんも出てくれるんだろ」

「うちの方にはまだ話していないんですけど、今なら大丈夫だと思いまして。先にお義父さんとお義母さんに相談しようってことになったんです」

「大歓迎よお。で、いつにする？　なんなら今日にする？」

「またお母さんは。そうやってすぐ話の邪魔をする」

「邪魔してないわよお。今日は大安だし、早い方がいいかなって思ったんじゃない。由岐絵はすーぐ怒る」

「怒ってないわよ」

「怒ってるう。その眉間のシワはなあに？」

「これは生まれつきよ！」

「まあ。お母さんには見えていなかったわあ、そのシワ」

　本格的に脱線しはじめた二人を放っておいて由蔵と紀之は具体的な話を進め、予定を固めてその日は帰ろうとしたのだが。

「由岐絵、夜の営業も手伝って」

「ええー。嫌よ」

「嫌よ嫌よも好きのうち。孝行のしたい時分に親はなし。樹、静かならんと欲すれども風やまず、子、養わんと欲すれども親待たず。考は百行のもと……」

「もう！　わかったわよ、手伝うわよ」

美岐は勝ち誇って小鼻をふくらませて笑った。くやしそうな由岐絵に紀之が慰めのことわざを贈る。

「子にすぎたる宝なし、ってね」

由蔵が満足げに「まったくだ」と相槌を打った。

閉店まで働き、シェフが腕を振るって作ったまかないを食べて、店を出る頃には隼人はすっかり眠ってしまった。由岐絵が抱き上げて車に乗せる。

「じゃあね、群馬の方にもよろしくね」

見送りに出た由蔵と美岐に手を振って、車は静かに走りだした。

「さあ、次は群馬のお義母さんに式のことを知らせないとね。出席を快諾させてみせるわよ」

「そんなに力まなくても、喜んで出てくると思うよ」

「なんで？」

「結婚式用に隼人のベビータキシードを買っただろ。写真を送ったら、きっといちころだよ。ころりんころりんってやって来るね」

「じゃあ、帰ったらさっそくメールを送るわ」

帰宅した由岐絵は眠る隼人の上に、布団のようにタキシードを着せかけて写真を撮った。メールを送ると深夜だというのにすぐに返信があった。

「絶対に行く、だって」

義理の母の扱い方がわかったような気がして、由岐絵は満足して眠りについた。

＊＊＊

「えー！　すごい、おめでとうございます！」

翌日、隼人を背負った由岐絵は、『お気に召すまま』に果物の配達にやって来て、ついでに結婚式のことを話した。久美は興奮して、しきりに「いいなあ」「いいなあ」と呟いている。

「久美ちゃん、できたら出席してくれないかな」

「私も行っていいんですか⁉」

「来てくれると嬉しいよ」

「絶対に行きます！　嵐が来ても行きます！」

大喜びではしゃいでくれるのが嬉しくて、由岐絵は久美の手を取って「おめかししてね」と念を押し、招待状を手渡して帰っていった。

放浪から帰ってきた荘介を、久美は上機嫌で迎えた。

「今日はお小言がないんですね。なにかいいことでもあったんですか？」

「うふふふふふふふふふ」

「その笑い方、気持ち悪いですよ」

いつもならツノを立てて怒ってしまう荘介のからかいの言葉も気にならないようで、
久美は笑い続ける。

「荘介さんにお手紙を預かっています」

「手紙？」

久美から手渡された薄いピンク色の上質な封筒には、金の箔押しの上品なデザインで

「Invitation」と書いてある。

「招待状ですか。もしかして由岐絵から？」

「なんでわかったんですか！」

「かわいいウェディングドレスを着るというのが由岐絵の小さい頃の夢でしたから。お姑さんの問題がかたづいたそうですし、そろそろ式かなと思いまして」

「もう。荘介さんはなにもかもお見通しでつまらないですよ」

つまらないと言いながらも久美は笑顔を崩さない。

「久美さん、そんなに由岐絵の結婚式が楽しみなんですか？」

「はい！　私、結婚式に招待されたの生まれて初めてです」

「お友達には結婚した方はいないんですか」

「まだ一人もいないんです。でも、もしものときのためにちゃんとフォーマルドレスは準備してるんですよ」

「備えがいいというか気が早いというか。久美さんは何事も先に先にと動きますね」

いい意味なのか悪い意味なのか判断つきかねる荘介の言葉も、浮かれている久美には褒め言葉としてしか聞こえない。上機嫌で今にも踊りだしそうだ。

「機先を制するものが戦を制するんですよ」

「結婚は戦いでしたか」

「人生はいつでも自分との戦いですから」

「たしかに」

人生訓を語りあって満足した久美は、招待状を大切にカバンにしまった。


由岐絵が店に戻るとタイミングよく電話が鳴った。

「はい、『由辰』です」

「由岐絵さんかい。高橋だけど」

「お義父さん！　ご無沙汰してます」

由岐絵は電話機に向かって頭を下げる。その雰囲気が伝わったかのように、紀之の父、高橋啓治(けいじ)はほがらかに笑った。

「隼人は元気きゃ」

「はい、今もそこらへんを歩き回ってます」

由岐絵は片手で隼人を抱き上げると、受話器を口に近づけた。

「おじいちゃんだよ」

「あうー」

よくわかっていない隼人は受話器に手を伸ばしたが、喋ってはくれなかった。

「ははは、元気そうだがぁ。いー子にしとるみたいね」

「いたずらばっかりですよー」

「そーに。でさ、こないだカツ子が邪魔したびゃぁ。かんべんしてくんな」

「そんな、いいんですよ。私のせいでもありますし、それに仲直りできましたから」

「そうきゃあ。良かったのぉ」

「ところで先日のメールの件なんですけど」

「なんさー」

「結婚式のことで」

「誰の」

「いや……、私と紀之さんですけど」

「そうきゃぁ。そりゃおめでとう」

「お義母さんから聞いていないんですか？」

「おう、なんにも」

由岐絵はがっくりと肩を落とした。義母はどうにも気まぐれだ。メールの返信では行くと言っても、そのあと気が変わったのかもしれない。

「遠いところ申し訳ないんですけど、式に出ていただけないでしょうか」

「おお、いぐよ。カツ子も首に縄つけて連れて行くさぁ」

「ありがとうございます！」

紀之の結婚に賛成してくれて、由岐絵のことも気に入ってくれている義父の啓治は、なにくれとカツ子と由岐絵の間を取り持とうとしてくれる。そのおかげで由岐絵はなんとか紀之と結婚することができた。感謝してもしたりない。

式の日取りや当日の移動についてなど、必要な話をして電話を切った。さて式当日のカツ子のご機嫌はどうなるだろうかと心配でもあったが、「負けないもんねー」と意気込みを口にして由岐絵は仕事に精を出した。

＊＊＊

結婚式当日はよく晴れた。

参列者よりも一足早く荘介は糸島へ向かった。地下鉄に乗って西へ西へ。ブラックスーツに明るいシルバーグレーのネクタイという礼装だが、コックコートとコック帽を入れたハンガーケースも抱えている。今日は大事な仕事が待っているのだ。

実は、荘介と久美に結婚式の招待状を届けてから数日後、由岐絵が改めて『お気に召すまま』を訪ねてきた。確実に荘介を捕まえるためだったのだろう、朝早い時間をねらってきた。

「ウェディングケーキはメルヘンなのにしてよね」

開口一番、そう言った由岐絵の唐突さを笑いながら、荘介は真面目くさったセリフを返した。

「それは、当店にウェディングケーキを任せていただけるということでしょうか?」

「あたり前でしょう。他にどこで頼むっていうのよ」

「自作するとか」

「これぱっかりは自分で作ったりはしないわ。約束だもん」

「そうだね、約束したもんね」

言葉少なに納得している二人を交互に見比べつつ、久美はどちらにともなく尋ねた。

「どんな約束ですか」

由岐絵が珍しくはにかみながら答えてくれた。

「小学生の頃ね、確か二年生だったかな。将来の夢っていう題名で作文を書いたわけ。私の夢はかわいいウェディングドレスを着てお嫁さんになること。荘介の夢は、もちろんお菓子屋さんになることだったよ。変わりばえがしないよねー」

「一途だって言ってもらえるかな」

「あら、言い換えが必要なら『頑固』がぴったりだと思うわ。それでね、久美ちゃん。みんなの前で作文を読んだ私に荘介が言ったわけ。君のウェディングケーキ、僕が作ってあげるよって。子どもの頃から商魂たくましいやつだったわよ」

久美は目をキラキラさせて聞いている。

「その約束を二人とも覚えてるんですね。幼馴染っていいなあ」

「いいかどうか時と場合によると思うけどねー。でも、ありがたいことも多いかな」

「由岐絵が素直だと怖いな。背中を向けたら撃ち抜かれそうだ」

「失礼な。私はマタギじゃないわよ」

「熊の方だもんね」

「だまらっしゃい。いいから注文を聞いてよね。キーワードはメルヘンよ！」

由岐絵は人差し指を立てて、荘介の鼻先につき付けた。

「かわいらしく、新鮮で、一生の思い出に残るような、ついでに切り分けやすくて食べやすくて。それから……」

次々と注文を繰りだす由岐絵の人差し指を避けつつ、荘介は仕事モードに入った。

「もう一つ、約束したよね」

「え？」

「忘れちゃった？　あの絵のこと」

「あー！　はいはい。そうだった。嫌だわあ、年をとると忘れっぽくて」

また二人だけにしかわからない内容の会話になってしまい、久美は黙って由岐絵を見つめた。視線に気づいた由岐絵は久美のためにもう一つの約束も教えてくれた。

「あのね、荘介が一番最初に書いたレシピノートの話。絵がうまくてねー、当時は感動したもんだったわ」

「最初のレシピ！　それってなんだったんですか？」

「なぜか描きやすいショートケーキじゃなくてロールケーキだったんだよ。あれ、なんだったの、荘介」

荘介は首をかしげて子どもの頃の記憶を探っていった。

「あの頃、祖父に教わって作ったものだったと思う。自分で満足いくものが作れたんだろうね」

「でも、由岐絵さん。いくら約束だからって、ウェディングケーキにロールケーキは地味じゃないですか？」

「そこは荘介がなんとかするわよ」

由岐絵が確信をもって荘介を見ると、荘介は自信に満ちた笑みを浮かべた。

「うん。なんとかしましょう」

「いい？　メルヘンで、かわいらしく、新鮮で、……それからなんだっけ、忘れたわ。とにかく！　すばらしいケーキを作って」

「もちろん。一生の思い出に残るケーキにするよ」

「任せたわ」

由岐絵は荘介の肩をポンと叩いた。


荘介が『ほむら』にたどりついたときには、既にシェフの古賀は調理の下準備を終わらせて、荘介のためにオーブンと調理台を空けてくれていた。

「ウェディングケーキ作りが俺に回ってこなくて助かったよ。ケーキは苦手でね」

そう言って古賀は謙遜する。荘介が仕事をしやすいようにと気遣っているのだろう。

ごま塩頭にハンチング、それに和食の職人のような調理前掛けというちぐはぐな服装がなぜか古賀にはよく似あっている。

「ロールケーキにするんだって？」

「はい。昔からの約束で」

「頼まれた材料は揃ってるけど、昨日、由岐絵嬢ちゃんが持ってきたしめじはなにに使うんだい。料理も作るのかね？」

「いえ、まさか。僕は料理はからっきしです。しめじもお菓子に使いますよ」

「きのこのお菓子かね。まあ、どうなるか楽しみにしてるよ」

古賀は完全に見学者といった様子で、コックコートを身につけた荘介の側に立った。

荘介は古賀が揃えてくれた材料をチェックしていく。

糸島の牛乳で作られたバターと生クリーム、粒度が細かい小麦粉、指でつまめるほど健康な卵、最高級の三温糖、どれも文句なしの品ぞろえだった。古賀は厨房から結婚祝いを贈ろうとしているのだろう。パーティー料理もすばらしいものに違いない。

荘介はさっそく調理に取りかかった。

まずスポンジケーキを焼く。

卵を卵黄と卵白に分けて、それぞれに砂糖を小分けにして加えて泡立て器で混ぜる。白っぽくなった卵黄を、ツノが立つほどまで泡立てた卵白とあわせる。

小麦粉を二度に分けて入れ、さっくりと混ぜる。生地を二等分して、一方はココアで茶色に染めておく。

溶かしバターを垂らし入れ、馴染ませる。

絞り袋を使って黄色の生地と茶色の生地を交互に絞りだし、縞の太いストライプの一枚生地を作る。乾燥させないようにオーブンで高温・短時間で焼き上げる。

この生地を全部で六枚焼く。焼き上がったら乾燥対策のため鉄板から素早くおろす。

生地に塗るシロップを作る。

砂糖と水を小鍋に入れて火にかける。とろりと溶けたら火から下ろし、粗熱が取れたら金色に輝くはちみつのお酒、ミードを混ぜる。

よく冷ました生地の表面にシロップを塗って、しっとりさせておく。

生クリームに砂糖を加えてゆるく泡立てる。

シロップが馴染んだ生地に生クリームをのせて巻く。縞模様のロールケーキが六本できたらワックスペーパーで包んで、ムース作りなどに使う丸型の枠、セルクル数個で底になる部分が平たくならないように固定する。

きれいな円筒形をキープするため冷蔵庫で冷やし、クリームと生地が馴染むのを待つ。

その間にキノコのマフィンを焼く。

しめじをほぐしてバターで炒め、塩を振り、よく冷ます。

バターと砂糖を擂り混ぜてよく空気を含ませる。白っぽくなったら卵黄を少しずつ加えて馴染ませる。さらに、ヨーグルトを足し入れ、やわらかな生地にする。

小麦粉とベーキングパウダーを混ぜ込む。

完全に冷めたしめじを生地に入れて、いくつもの小さめのマフィン型に流し込んだら、表面にレーズンを散らす。

オーブンで焼くと生地が膨らみ、型からはみ出る。カサが開いたきのこのような形になって、焼き目がこんがりついたらオーブンから取りだす。

次にロールケーキを飾り付けるための雪を作っていく。

卵白、粉砂糖、レモン汁をよく混ぜアイシングを作る。

雪の結晶を描いた図案の上に透明な調理用ポリシートを敷いて、細い口金の絞り袋で図案どおりの砂糖菓子にする。

円状に広がる六本の枝に、木の葉が芽吹いたかのような白い結晶。それを数多く作って広げ、乾燥させる。雪の結晶が敷き詰められた調理台の上は、キンと冷えた氷雪の平原のように静かだ。

古賀が暖かく見守るなか、荘介はウェディングケーキに最後の仕上げをする。

丸いロールケーキを六本、薪のように積み上げる。下に三本、中に二本、一番上に一本。薪の上に降り積もった雪のようにゆるく泡立てた生クリームをとろりとかける。白黒の縞模様で薪を思わせる姿のロールケーキが、すべて隠れてしまわぬように気をつけながら。

粉砂糖を全体に振り、雪らしさを強調すると、まんべんなく雪の結晶を散らす。ロールケーキは、きらきらと輝く冬の妖精のような雪に覆われた。

薪に添うようにきのこのマフィンを立てかける。季節外れのきのこは、根元に小人が住んでいそうだと思わせるほどに愛らしい。

雪に覆われた薪、にょっきり生えたきのこ、そこにミルクチョコレートで作られた二十センチほどの高さのレトロな家を立てかける。

荘介があらかじめ作って持ってきたそのチョコレート細工は『由辰』の姿を写している。店先には小さな小さなチョコレートの野菜が入った籠が並び、今にも客がやって来そうだ。

店の奥、二階に続く階段の裏には段ボール箱が置いてあり、蓋が開いて軽く持てそうに思えた。

ダークチョコレートにホワイトチョコレートを混ぜ込んで作られた『由辰』は懐かしさを感じさせるセピア色をしている。すべての思い出の出発点であり、家族が帰る優しい場所だ。

「いやあ、さすが本職のパティシエは仕事が早いねえ」

拍手しながら感嘆の言葉を漏らす古賀に、荘介は真顔で答えた。

「ひとつ、お願いがあります」

「なんです、改まって」

二人の間に緊張した空気が生まれた。古賀は固唾を飲んで、荘介の言葉を待つ。

「僕のことはパティシエではなく菓子職人と呼んでください」

「パティシエじゃあ不満なのかい」

「僕は洋菓子だけでなく世界中のどんなお菓子も作りたいんです。だから、僕はパティシエでも和菓子職人でも点心師でもなく、ただの菓子職人でありたいんです」

古賀は感心した声をあげた。

「君は天下一品の菓子職人だな」

荘介は嬉しそうに笑った。


結婚式にはごく親しい人だけが参列した。紀之の親族と友人が四人。由岐絵の親族と荘介、久美、班目。

久美が『ほむら』についたのは式の一時間前。まだ夕焼けが残る頃で、ホールには由蔵・美岐夫妻と班目がいるだけだった。

「班目さん！　どうしたんですか、その恰好！」

挨拶を交わす間もなく、あまりに驚きすぎた久美は大きな声を上げた。

「どうしたって、なにがだ？」

「なんできちんとした服装なんですか！」

班目が着ているのは、結婚式に出席するには至って普通の濃いグレーの三つ揃えに白のネクタイという服装なのだが、ジーンズ姿くらいしか見たことがない久美は強い衝撃を受けた。そんな久美の反応が面白く、班目はからかいモードに入った。

「久美ちゃんこそ、どうしたんだその恰好は。コスプレか？」

久美がまとったケープの下は、サーモンピンクのノースリーブワンピースに白いふわっとしたストールという組み合わせで、いつものエプロン姿とは違ったかわいらしさが出ている。ケープを脱いだ久美は余裕の笑みを浮かべた。

「結婚式に参列する人のコスプレですよ」

大人対応の意外な返事に、班目は「そうか」と軽く答えた。驚きが一段落した久美は挨拶を忘れていたことに気づき、慌てて安西夫妻に向き直った。

「本日はおめでとうございます」

「お越しいただいてありがとうございます。久美ちゃん、ずいぶん大人っぽくなったわねえ。見違えちゃった」

久しぶりに会う美岐に褒められて久美は照れ笑いを浮かべた。光沢のある黒のドレスを優雅に着こなした美岐にクロークへ案内してもらってホールに戻ると、班目と由蔵が式の進行について打ち合わせをしているところだった。久美はなんとなく側に行ってみた。

今日の式は人前式という形だった。既に婚姻届けを出している由岐絵たちは、お世話になっている人への挨拶としてこのスタイルを選んだという。班目が司会役をつとめ、式を進める次第を相談し終わり、由蔵と美岐はホールの準備の確認に動きだした。班目も式で使うらしい資料を読んでいる。久美はそっと班目の隣に立つと小声で尋ねた。

「班目さん、大丈夫なんですか？」

「大丈夫って？」

「司会なんて、真面目にしなきゃならないんですよ」

「俺はいつでも大真面目だぜ」

「ほら、もうふざけてる」

「久美ちゃんは意外と心配性だよな。そんなことじゃ人生楽しく生きられないぞ」

「ちゃんと楽しく生きてますよ」

「俺もちゃんと真面目に生きてるから安心しな。結婚式の司会には慣れてる」

「班目さんに司会を頼む人がたくさんいるなんて驚きです」

「人徳があるんだよ」

お喋りをしていると窓の向こう、テラスの側にタクシーが止まるのが見えた。

そのタクシーから紀之の両親が降りてきた。二人を見て久美は度肝を抜かれた。高橋啓治、カツ子夫妻はお揃いのタキシード姿だった。久美の頭の中に『？』が乱れ飛ぶ。

もしや二人して新郎のコスプレなのだろうか。

店に入ってきた高橋夫妻を出迎えた由蔵と美岐は年の功だろう、カツ子の不思議な装いには触れず無難に挨拶をしている。

「本日はどうぞよろしくお願いいたし……」

「隼人はどこです？」

由蔵の言葉を遮ってカツ子が声を張り上げた。夫の啓治が慌ててカツ子の腕を引っ張って黙らせようとするが、カツ子は気にも留めずに喋り続けた。

「私は隼人に会いに来たんですよ」

「そうですよね。今、紀之さんがお守りしていますから、よかったら代わってあげてくださいな」

美岐が笑いをこらえつつ、カツ子を新郎新婦が控えるスタッフルームに案内する。

「班目さん、お姑さんは臨戦態勢ですよ。大丈夫でしょうか」

「ま、なんとかなるさ」

「なんとかって、どうにもならなかったらどうするんですか」

「そのときはそのとき」

久美は心配で落ち着かず、立ち働く班目のあとをついて歩いた。その間もちらちらとスタッフルームに視線をやったが、カツ子を案内した美岐が戻ってきてからは静かなもので動きはなかった。カツ子と由岐絵が大ゲンカを始めたりはしていないようだ。

そうこうしている間に紀之の友人も到着して、自己紹介大会が始まった。由岐絵とカツ子のことが心配なままだったが、久美はなんとか笑顔を作って、礼装の人たちの輪に入っていった。


式が始まる直前に荘介が厨房から出てきた。初めて見る荘介のスーツ姿に久美の目は釘付けになった。モデル顔負けの荘介の美しさが、品のいいブラックスーツのおかげで際立っている。

荘介は初めて会う人たちにひととおりの挨拶をしてから、久美のところにやって来た。久美の姿をじっと見つめて、にっこりと笑いかける。

「久美さん、とてもかわいらしいですね。ドレス、よく似あっていますよ」

荘介は久美を褒めるときはいつもストレートな言葉を使う。慣れているはずなのに今日はなぜかとても恥ずかしくなって、久美は俯きがちにこっくりと頷いた。

「それでは、そろそろ時間でございますので安西紀之さん、由岐絵さんをお迎えしたいと思います」

そう言って班目がスタッフルームの扉を開けると、ウェディングドレス姿の由岐絵とタキシード姿の紀之が出てきた。

それに続いて隼人を抱いたカツ子が足音を忍ばせるかのようにそっと出てきて、人の輪の中に混ざった。本人は目立たないようにしているつもりのようだが、その奇抜な服装はどうやったって目立つ。会場が一瞬ざわめき、それから奇妙な沈黙に包まれた。みんな視線をカツ子に奪われてしまい、新郎新婦に目がいかない。

けれど、周囲のことは気にも留めないカツ子は、にこやかに紀之と由岐絵を見つめている。どうやら心配は杞憂だったようだ。

久美はやっと安心して二人のために大きな拍手を送った。我に返った参列者も改めて新郎新婦に向き直った。

拍手で出迎えられた由岐絵は幸せそうに微笑む。

子どもの頃からの夢だったウェディングドレス。真っ白なAラインのドレスの裾を長く引き、ゆっくりと歩く。白を基調としたブーケを大切に抱くように持ち、結い上げた髪には白いユリの花飾りが挿してある。いつものしゃきしゃきした由岐絵とは別人のようだ。少女のようにひたむきな目で紀之を見つめている。

開式で紹介されたときも、二人揃って参列者に挨拶するときも、由岐絵はとびきりかわいいお嫁さんだった。久美は二人をうっとりと見つめる。

参列者の前で、由岐絵と紀之が声を合わせて愛を誓う。

「本日、私たちは、ご列席くださった皆様の前で式を挙げます。これからどんなときにも互いを思いやり、希望に満ちた明るい家庭を守っていくことを誓います」

二人は向きあうと互いの頬にキスをする。カツ子の手を離れた隼人がやって来て、手を伸ばして自分にもキスをくれとせがむ。由岐絵と紀之が同時に隼人の両頬にキスをした。隼人はくすぐったがってきゃあきゃあと笑う。

見ているだけで幸せになれるような一家の愛情を久美はひしひしと感じた。ずっと結婚に反対してきたカツ子でさえ目に涙を浮かべている。誰もが自然と笑顔になって、由岐絵たちの結婚を心から祝っていた。

「それでは、ケーキカットにうつらせていただきます」

班目の言葉を合図に、古賀が厨房からケーキを運んできた。ひと目見るなり参列者からワッと歓声が上がる。

積み重ねられた薪の上に雪が積もり、きらきらと輝いている。雪を払って火にくべれば炎が上がるのではないかと思えるほどに薪はどっしりとしていた。

薪の側にはきのこのマフィンが、童話の挿絵に出てきそうな姿で生えている。そのきのこがあるだけで、ここが深い森であるかのような静けさを感じさせる。

紀之は優しく由岐絵の手を取る。新郎新婦はケーキナイフを二人で持つと、一番上に積まれている薪に差し入れた。雪に見立てた生クリームがとろりとこぼれて、一足早い春の雪解けを思わせる。

ホールに響く拍手が静まると、紀之が感謝の言葉を述べた。

「本日は私たちのために集まっていただきありがとうございます。私と由岐絵はもう既に新婚夫婦とは言えないくらいの年数をともに過ごしてまいりましたが、皆様に祝っていただき、今日ほど結婚をしてよかったと思った日は他にありません。本当にありがとうございます」

両親に向き直って由岐絵とともに頭を下げる。

「来てくれてありがとう」

啓治は満面の笑みで頷いたが、カツ子は曖昧な表情で愛想笑いを浮かべただけだった。それを見ていた久美は、姑がまだ結婚を承諾していないのかとひやひやした。だがとりあえずは問題なく式は済み、会食へと移った。

糸島特産の牡蠣のレモン漬け、サワラのパイ包み焼き、糸島豚のレバーペーストと野菜を使ったテリーヌ、カブとベーコンのニンジンドレッシングサラダ、白菜と葉葱とマダイのカルパッチョ、ブロッコリーのパスタ。

旬の野菜や魚、地元特産の食材をふんだんに使った料理の数々はどれもすばらしい味で、参列者が料理に伸ばす手は止まらない。

古賀は厨房で腕を振るっているので、ホールでは美岐と由蔵が担当して料理を運ぶ。

その息の合った姿に久美は感心して見入った。愛する人とあんな風にいつも一緒に働けたら、毎日がどれほど楽しいだろうか。由蔵たち夫婦は本当に楽しそうに働く。そのおかげでパーティーは和やかに進んでいく。

立食式のため会話しやすく、久美は紀之の友人のうち紅一点の水木夕子と打ち解けた。

年の差は開いていたが独身の夕子は若々しく、久美にとってはすてきなお姉さんという印象を受ける女性だった。

「久美さんはいつごろお式の予定なの？」

夕子に尋ねられて久美は首をかしげた。

「予定は全然ありません。相手がいませんから」

「え、そうなの？　あの人、村崎さんとお付き合いしてるんだろうと思ったんだけど」

そう言って夕子は荘介を指さした。

「え、や、全然！　全然そんなことないです！」

慌てて否定しながらも、久美は首まで真っ赤になった。

「すごく仲が良さそうだったから、きっと間違いないと思ったんだけどな。まあ、先のことはわからないしね。私の予想があたったら教えてね」

「予想って……」

久美はぱくぱくと口を動かすだけで声が出ない。なんと言っていいものやら思いつきもしなかった。

「美しい花が揃って、まるでここは花園のようですね」

いつやって来たのか荘介が久美の隣に立っていた。突然話しかけられて、久美は慌てて夕子の腕にしがみついた。夕子は荘介の言葉に頬を赤らめる。昔の洋画の中でしか聞かないようなセリフだが、荘介が口にすると違和感がない。夕子の口からもするりと「ありがとうございます」とお礼の言葉が出てきた。

「それじゃあ、久美ちゃん。私、高橋さんのご両親にご挨拶してくるから、またね」

気を利かせた夕子が離れていく。久美は荘介と二人取り残されて、緊張で動けなくなってしまった。

「久美さん、なにか飲みますか？　リラックスできますよ」

緊張している久美を気遣ってくれる荘介をちらりと見上げてみると、いつものように優しく微笑んでいる。いつもどおり、いつもどおり、いつもどおりと心の中で繰り返して久美は顔を上げた。

「取りに行ってきます。せっかくですから」

「では、一緒に行きましょうか」

荘介にエスコートされて歩くのは、ますます緊張することだった。いつもどおり、いつもどおり、いつもどおり、いつもどおり！　久美の心臓は外まで音が聞こえそうなほど激しく脈打っている。

飲み物が置いてあるテーブルの横には班目が立っていて、珍しく酒も飲まず給仕に徹している。その姿を見たおかげで久美の緊張はどこかへすっ飛んだ。

「班目さん、飲まなくていいんですか⁉」

「俺は司会者で客じゃないからな。久美ちゃんはなにがいい？　シェーカーがあるからカクテルもいろいろできるぜ」

「えー！　班目さん、シェーカーを扱えるんですか！」

「酒のことならまかせろ。さあ、なにがいい？」

ずらりと並んだ酒瓶を指し示して尋ねられても、カクテルにくわしくない久美にはなにもわからない。頬に指をあててしばらく悩んだ。

「荘介さん、なにがいいと思います？」

「久美ちゃんや、なんでそこで俺に聞かないんだい？」

「だって、斑目さんは絶対に度数の強いお酒をすすめるに決まっとるもん」

「そんなことないぜ。そうだなあ、ロングアイランドアイスティなんかどうだ。アイスティみたいな香りがして飲みやすいぞ」

久美は荘介の顔をじっと見つめる。

「どう思います？」

「典型的な女性を酔わせる手口ですね。アルコール度数が強く、その割に飲みやすいカクテルです。ラム、ウォッカ、ジンとスピリッツが三種類も入っていて、豪華な顔ぶれだとは言えますね」

班目は唇をつきだして「ちぇー、ばれた」などと言ってみせる。

「荘介さんがおすすめしてくれるものが飲みたいです」

久美がそう言うと荘介は嬉しそうに班目に注文を入れる。

「それでは、スクリュー・ドライバーを。薄い色で作って」

「ほら見ろ、久美ちゃん。こいつだって度数の強いのをすすめてきたぜ」

そう言いながらも班目は、氷を入れたロンググラスにウォッカとオレンジジュースを注ぎ、軽く混ぜて久美に手渡した。久美は怪訝な顔つきでグラスを受け取る。

「班目さん、このカクテルは度数が強いと？」

「薄い色って注文だからな。オレンジジュースを少なくウォッカを多くしてある。レディーキラーカクテルの代表だぜ。注意しろよ、久美ちゃん」

「レディーキラーカクテルってなんなん？」

「口あたりが良くて度数が強いやつだ。飲みやすさで女性をだまして酔わせる。ロングアイランドアイスティと同じだ」

久美は荘介を軽くにらんでからグラスに口をつけた。

「あ、美味しい」

　荘介が胸を張る。

「僕のおすすめに間違いはありませんよ」

「うまいカクテルになってるのは俺の腕のおかげだがな」

　久美は、ぐびぐびとあっという間にカクテルを飲み干してしまった。

「お代わりください」

　荘介が楽しそうに久美を見る。

「そういえば、久美さんはお酒に強いんでしたね」

「悪いですか」

「いいえ、たくさん飲んでくれると酔わせ甲斐があります」

　久美は横目で荘介を見る。荘介はいたずらっ子のように笑っている。

「荘介さんも悪だくみをするんですね」

「そう。いつも狙ってますよ、気をつけて」

　久美が二杯目のスクリュー・ドライバーを空にしてグラスを置いたとき、足になにかがあたるのを感じた。驚いて見下ろすと、隼人がチョコレート製の『由辰』を齧りながら、片手に握ったクロワッサンで久美の足をぺちぺちと叩いていた。

「こら、隼人、待ちなさい」

カツ子が隼人のあとを追ってきたが、隼人はよちよちと逃げていく。タキシード姿の隼人とお揃いの恰好のカツ子は、慣れない男装で動きにくいようだ。なかなか隼人を捕まえられない。

二人が通るたび、招待客はぎょっとした顔で男装のカツ子を見る。何度見ても衝撃は薄れない。隼人にしてもカツ子にしてもタキシード姿が浮いている。片やかわいらしく、片や凄みさえ感じさせる。隼人はホールを歩き回り、あの人の足にも、この人の足にもクロワッサンの油をつけて回った。

「隼人、やめなさい。ほら、隼人」

カツ子がいくら呼んでも隼人は聞こえないふりをしていたずらを続ける。

「隼人」

由岐絵が呼ぶと、隼人は一目散に由岐絵のもとにやって来た。由岐絵はクロワッサンを取り上げて、「めっ」と叱ってから両手をお絞りで拭いてやった。

隼人にホール中をぐるぐると歩かされたカツ子は、軽く息切れしていてほつれ毛が額にかかっていた。

「由岐絵さん、私もうだめだわ。若くないだいね。隼人を抱いたら重いし、追いかけるのも、はあ、大変だ。こんな悪さんぼうずだとは知らなかったよ」

「お義母さん。もう少しだけ隼人を預かってください」

由岐絵はカツ子の言葉は無視して、隼人をぐいぐい押し付けて抱きかかえさせると、紀之と手分けしてクロワッサンの被害にあった人にお絞りを配って回った。

「ごめんね、久美ちゃん。隼人、人がいっぱいでテンション上がっちゃったみたい」

手渡されたお絞りで足についた油を軽く拭きながら、久美は能天気に笑う。

「ぜーんぜん、大丈夫です。それより、隼人くんのタキシード、かわいいですね」

「そうでしょう。お義母さんなんか隼人とペアルックにしたいって、わざわざタキシードを買ったらしいのよ」

「すごい！　愛ですね」

「本当に、ありがたいよ」

ホールの向こう端からカツ子が大声で由岐絵を呼んだ。

「由岐絵さーん、もう腕がだめ！　助けて」

「はーい、今行きます」

由岐絵は久美と荘介に軽く手を振って、姑のもとへ戻っていく。隼人を受け取った由岐絵は、動きにくいドレス姿だというのに軽々と我が子を抱き上げて、のっしのっしと歩く。カツ子はその姿を頼もしそうに見やり崩れ落ちるように椅子に座り込んだ。

「子育てがこんなに大変だってこと忘れてたわ。甘くみてたさ。ごめんね、由岐絵さん。一生懸命、隼人を育ててるのに養子に寄こせだなんて言って」

「え、じゃあ、お義母さん」

「養子はあきらめるわ。隼人と紀之をどうぞよろしくね」

「まかせてください！　幸せにしてみせますから！」

力強く宣言した由岐絵は、お絞りでカツ子の汗を拭いてやっている。カツ子と笑顔で話している由岐絵を見ていると、久美も自然に笑顔になった。

「由岐絵さん、お姑さんと仲直りできたみたい。ほっとしました」

「お姑さんもなかなか味のある人みたいだね。深く知りあったら面白そうだ」

「家族って、最初は他人から始まるんですよね」

「そうだね。まずは知りあうところから始まります」

「それが、だんだん親しくなって、いつか同じ屋根の下に住むくらい近い存在になるって、なんだか不思議です」

「僕たちの両親も祖父母もそうやって家族になっていったんでしょうね」

親の親のそのまた親も誰かと出会った。そのいくつもの出会いが自分の中にあるのだということが久美には嬉しくもあり、自分の出会いもいつか新しい命につながっていくのだと思うと不思議でもあった。

「私、おばあちゃんになってもみんなで手を繋いで仲良しでいられるような家族がいいです。それで、喧嘩をしてもすぐに仲直りできるの」

荘介は笑って久美の言葉をからかう。

「喧嘩をすることが前提になっているのが、さすが久美さんですね」

「そんな言い方だと私が怒りんぼみたいじゃないですか」

「怒りんぼではなかったですか？　僕はいつも叱られていますけれど」

「叱るのと怒るのは違います。それに喧嘩にもいろんな種類があると思うんです」

少し首をかしげて考え考え話す久美は、自分の心の中を覗いているように見える。

「わがままを通すための喧嘩や、怒りをぶつけあうような喧嘩はもちろんしたくないです。でもそうじゃなくて。相手にわかってもらおうとして、相手も自分のことをわかって欲しいと思っていて、その気持ちがぶつかってしまうこと、あると思うんです。そんなときでもちゃんとお互いに理解できて仲直りできたら、すてきだなって。それが私の理想の家族かな」

久美は語り足りないのか、天井を見上げた。

「それから……、なんだろう。うまく言葉にできないですけど温かいというか」

「僕は食卓を毎日一緒に囲める家族が理想でした」

「あ、それ！　それは大事ですよね。……でも、なんで荘介さん、過去形なんですか」

「過去形でしたか？」

「理想でしたって言いましたよ」

荘介は照れ笑いを浮かべて視線をそらした。

「子どもの頃、父が忙しくてなかなか一緒に食事をすることができなかったから、それが頭にあったのかもしれません」

心なしか荘介の顔が赤くなっているように見えて久美は嬉しくなった。普段は泰然としている荘介の素顔の一面を見たように思えて。もっと荘介のいろんな表情を見てみたい。どんな風に育ってきて、どんな風に考えて、どんな風に人生を歩んでいくのか荘介のことをもっと知りたい。荘介の心の底にあるものも、もっと見せて欲しい。荘介となら喧嘩しなくてもわかりあえる気がする。由岐絵と紀之のように。

そんなことを考えている自分を発見して、久美は戸惑って口をつぐんだ。なにを聞けば、なにを話せば荘介のことがわかるだろう。どうしたら荘介のすべてを語ってもらえるだろう。久美は今まで誰かの深いところまで知りたいと思ったことがない。こんなに話を聞きたいと思ったことはなかった。

「そろそろケーキを切り分けた方が良さそうですね」

　荘介が自分の側を離れていく。それがあまりにも寂しくて、思わず久美は手を伸ばして荘介のジャケットの裾を摑んだ。けれど振り返った荘介になにを言えばいいのかわからなくて手を放す。

「どうしました、久美さん」

「あの、あの……、私、お手伝いします！」

　精一杯、頭を回転させて出てきた言葉を、荘介は嬉しそうに受け止めてくれた。

「では、一緒に働きましょう」

　それは店で繰り返している日常のことなのに、今日はなぜだか特別なことのような気がして。ずっと変わることなく続くと思っていた毎日が変わっていく。久美の未来も変えていく。久美はいつも荘介の仕事の側に、荘介が作りだすみんなの笑顔を見ていられる場所にずっといたいと願った。

　薪の形をしたまん丸な断面のロールケーキを切り分けて、別に用意しておいた七分立ての生クリームをとろりとかける。雪の結晶のアイシングをのせて、きのこのマフィンを添える。

荘介が盛りつけた皿を久美が一人一人に配った。仕事が終わった古賀も厨房から出てきてケーキに口をつけた。

「うん、さすが本職さんはすごい」

いつもはデザートまで一人で作っている古賀が素直に褒めてくれた。他の参列者からも「美味しい」の声がひっきりなしに聞こえる。

飛びきり好評の味を堪能すべく、久美もケーキにフォークを入れた。

「うわあ、荘介さん。これはどうしたことですか！」

「どうかしましたか？」

「ロールケーキがふわふわでフォークがすっと入りましたよ」

荘介は自分もロールケーキを食べながら返事をする。

「今日はこの場で食べきってしまうので、持ち歩く必要がない。店で出すものよりずっと粉を少なくしたんだ。焼き上がりの時間も……」

さらに詳しく説明しようとしていると、由岐絵がやって来て荘介の背中を叩いた。

「メルヘン！　メルヘンだわ、荘介！」

「由岐絵……、痛いよ」

「とくに、このきのこがいいわ！　レーズンが水玉模様みたいで、まるで森の毒キノコみたいだわ！」

皿を目の高さまで持ち上げて、由岐絵はしみじみとメルヘンきのこを見つめている。

「由岐絵さん、そのきのこ、味はどうでした？」

「まだ食べてないー。もったいなくて」

荘介は嬉しそうな寂しそうな複雑な表情になる。久美は慌てて、感想を伝えるべきのこマフィンを頬張った。

「あれ、すごく美味しい！　噛んでいると、ほんのり甘いマフィンとしっかりバター風味のしめじが混ざって、濃厚なチーズみたいな感じになります。これ、ほとんどお料理に近いのに、なんで荘介さんが美味しく作れたんですか？」

ちょっと失礼な久美の言葉にも、荘介は余裕をもって笑って答えた。

「僕も日々成長しているんです。次は懐石料理を作ってみせますよ」

横から由岐絵が口を出す。

「材料がかわいそうだから絶対にやめなさい。それより、このロールケーキ、知らない風味があるわ。またなにか変わった材料を使ってるわね」

久美もロールケーキを口に入れた。ココアの苦みと卵の甘さ、生地がしゅわっと溶けてクリームがとろけだす。その奥から金色に輝くような優しい香りがやって来た。

「口の中でいろんなことが一度に起きました。それで最後に残るのが不思議な香りなんですね。いい魔女が魔法をかけたときに杖の先から出る輝きみたいな」

「今日は久美さんもメルヘン気分ですか」

「ケーキがすごくかわいいから、乙女心が刺激されちゃって」

「それで、この魔法の粉はいったいなに？」

ぺろりとケーキをたいらげた由岐絵がお代わりを要求して皿をつきだす。厚切りにしたロールケーキを皿にのせてやりながら、荘介の蘊蓄が再開された。

「粉ではなくてお酒だよ。ミードというはちみつを発酵させたお酒なんだ。歴史がすごく古くて、旧石器時代には既に作られていた人類最古のお酒だと言われてる。中世までのヨーロッパでは結婚式から一か月間、ミードを作り続ける習慣があったそうで、その期間を『蜜の月』と呼んだんだ。それが蜜月、ハネムーンの名前の由来なんだ」

由岐絵はお代わりもぺろりと食べてしまった。

「さあ、もう一皿いただきましょうか」

皿をつきだしていると班目がやって来て、由岐絵の手から皿を取り上げた。

「なにするのよお」

「そろそろ投げろよ」

「投げるって、なにを」

「ブーケに決まってるだろ。場を盛り上げろ」

「盛り上げるのは司会のあんたの仕事でしょう」

「いいから黙って来い」

班目にうながされて、由岐絵はしぶしぶケーキの側を離れた。

「久美ちゃんも、なにしてるんだ。はい、集合集合」

「え、なんで私も？」

「投げたブーケを誰が受け取るんだよ。未婚の女性はこの会場に二人だけなんだぞ」

会場をぐるりと見回すと、夕子と目が合った。夕子も紀之に呼ばれて由岐絵の側までやって来た。気のせいか、やや目つきが鋭くなっているように見える。本気でブーケを取りにいくつもりのようだ。

「皆さま、ただいまより新婦が幸せのおすそわけ、ブーケトスを行います。既婚、未婚、男女問いません。幸せを受け取りたい方はどうぞ前にお越しください」

班目がそうアナウンスしたが、みんな一定の距離を開けて寄ってはこない。やはり未婚の女性二人に気を使っているのだろう。

由岐絵が壁に向かって立ち、その一メートルほど後ろに久美と夕子がスタンバイする。二人の間には微妙な距離が開いている。先ほど和やかに話していたのが嘘のように夕子は緊張感に満ちている。久美はなんとか夕子にブーケをゲットさせてあげたいのだが、どうすれば確実だろうかと迷ってきょろきょろと目線を動かした。目の端に荘介の姿が見えた。救いを求めて見つめたが、荘介は口の形だけで「がんばれ」と言ってにこにこと見守っている。久美はあきらめてできるだけ後ろに下がり、夕子に場所を譲った。

「それでは、どうぞ！」

班目の合図で由岐絵は前かがみになり、その反動を使って思い切りブーケを背後に投げた。真っ白い花束は夕子が伸ばした手のはるか上空を通りすぎ、久美の頭の上を横切り、すっぽりと荘介の手許に納まった。ぽかんとする荘介、あっけにとられる久美、あまりのことに固まってしまった夕子。会場は、しんと静まった。

「どうやら新婦は幼馴染の将来を気にしている様子です。荘介、お前もがんばれよ」

班目の言葉で会場がどっと沸いた。夕子もつられて笑いだす。久美も肩から力が抜けて、ふにゃっと笑った。

会場の笑いが収まった頃、由岐絵と紀之は二人揃って参列者一人一人に挨拶をして回った。荘介と久美のところにやって来た由岐絵は、腰に手をあてて荘介を叱る。

「まったく、荘介は。幸せになりたいのはわかるけど、ブーケを横取りするのはどうかと思うわよ」

「いや、投げてよこしたのは由岐絵だよね」

どう考えても荘介は悪くないと、久美は助けに入ることにした。

「私なら大丈夫ですよ、ブーケはなくても幸せは飛んできましたから」

由岐絵はがばっと久美の頭を抱きよせて、いい子いい子と撫でくりまわす。

「苦しいです、由岐絵さん」

紀之が由岐絵の肩を叩き「ブレイク、ブレイク」と言って止めてくれた。

「なによ、紀之。私と久美ちゃんの仲を妬んでるのね」

「そうさ、嫉妬で狂いそうだよ。だから由岐ちゃんは俺の隣にいなさい」

由岐絵は大人しく紀之と並ぶ。久美は二人の仲の良さを心底からうらやましく思う自分に驚いた。結婚なんてまだまだ遠いことだとしか考えていなかったはずなのに、憧れがむくむくと湧いてきている。

由岐絵たち夫婦は格式ばった挨拶をして、次の人のもとへ移動していく。由岐絵のドレスの裾がふわりふわりと揺れる。それが幸せの象徴のようにも見えて久美はしばらく見つめていた。

「久美さんもかわいいウエディングドレスが夢でしたか?」

いつものように隣に立った荘介を見上げて、久美はあと一歩近づいたら由岐絵たち夫妻の距離と同じくらいになるなと、ふと思った。なぜかその一歩がはるかに遠いようにも感じた。けれど荘介はその一歩を軽々と踏みだして久美にブーケを差しだした。

「どうぞ、久美さん。受け取ってください」

差しだされたブーケを手に取ると、甘い花の香りがふわりと広がって純白のヴェールのように久美を包んだ。

「お、荘介は久美ちゃんにプロポーズか」

後ろから班目のからかう声がして、久美は勢いよく振り返った。班目はいつもの久美の剣幕を期待してにやにや笑いで待っている。しかしいつまで待っても久美はなにも言わない。それどころか真っ赤になった顔をブーケにうずめ、テラスに逃げてしまった。

いつの間に降っていたのか、テラスにはうっすらと雪が積もっていた。空気は冷えてはく息が白い。

ホールのざわめきが、透明な幕の向こうから聞こえているように遠く感じる。寒くはなかった。頬がほてっているせいかキンとした冷たさが心地いい。握りしめていたブーケをそっと胸に抱きしめてみる。そこから体中に暖かさが広がっていくように感じた。それはよく知っている暖かさ。荘介の微笑みがくれるぬくもりだった。いつまでも抱きしめ続けていたい、そう思った。

「寒くないですか」

久美は黙って首を振る。荘介も黙って久美の隣に立った。それだけで久美は毛布にくるまれたような安心感を覚えた。手を伸ばせば触れられる。けれど今は胸に抱いたブーケのやわらかな感触だけで満足だった。

荘介からもらった幸せの花束を抱いて、久美は星を見上げた。雪雲はとうに去ったあとのようで空には星が輝いている。町から離れたこの場所では、いつもは見えない小さな星まではっきりと見える。

この場所に来て、この星を見つけることができて本当に良かったと久美は思う。隣に立つ荘介を見上げると、荘介もまた普段見ることができない星を見つめていた。

ケーキもすべてなくなって、お喋りにも一段落がついた。パーティーが終わり明るい笑顔を残してみんな帰っていく。由岐絵の着替えを手伝っている美岐に代わって、荘介と久美はホールのかたづけに加わった。

式の間中、ビデオカメラの撮影係も請け負っていた班目がプロジェクターで白い壁に大きく今日の様子を映しだしている。

由蔵がかたづけの手を止めて由岐絵の笑顔に見入っている。とても美しい笑顔だ。よく見知った笑顔なのに、いつもよりずっと輝いているのはなぜだろうと久美はぼんやりと思う。

「女性は愛する人の隣にいると美しくなるというのは本当ですね」

久美の疑問に荘介はするりと答えを出してみせた。その答えは甘い砂糖菓子のように魅力的で、久美は思わずぽつりと呟いた。

「私も荘介さんの隣にいたらきれいになれるでしょうか」

その呟きは壁に映しだされた人たちの楽しそうな笑い声で掻き消えて、荘介には届かなかったらしい。久美はそっと胸を撫でおろした。聞こえないでいて欲しい。答えを自分で見つけられるまでは聞こえないでいて欲しい。今は、まだ。

パーティーの名残の賑やかさがいつまでもホールに残る。今日は魔法にかけられてお姫様でいられる日。久美はかかとを打ち鳴らしてくるりと回る。ドレスの裾がふわりと広がる。でもきっと、明日からも特別な、宝物のような毎日が待っている。

「久美さん、どうしました？」

荘介の優しい笑顔がいつもそこにある。

「明日もがんばりましょうね、荘介さん」

久美の元気な笑顔が変わらずそこにある。ずっと二人はそこにいる。

『お気に召すまま』のドアベルがカランカランと明るく鳴り響き、新しい風が吹いてくる。久美が思い描く明日がきっと来る。

夢見るような未来を連れて。

【特別編】宇宙人のアイスクリーム

「嘘……」

目の前につき付けられた現実に、久美の口から小さな呟きが漏れた。だがショックのあまり自分の声が聞こえていない。

「嘘よ」

信じられずもう一度確かめる。

「嫌……！」

久美の小さな叫びを聞きつけて、母の直子が洗面所にやって来た。

「どうしたの、久美。シワでもできた？」

直子は久美の足許を見る。風呂上がりの久美の全体重をあずかった体重計の数値は、ちょっと大変なことになっていた。

「うわあ、久美、それはやばいわ。そういえば最近、むっちりしたわよね」

「むっちりって言わないで！」

「がっちりの方が良かった？」

「余計嫌よ！」

「嫌って言ったってねえ。普段の不摂生の結果だもん。ご飯を食べて、お店で試食して、うちでもお菓子食べてるんだもの」

「だから、言わないでってば」

直子は呆れた様子でキッチンに戻る。

「もうすぐ晩ごはんよ」

久美のお腹が、ぐうと鳴った。


この夜から、久美の戦いは始まった。

「ごはんいらないから」

パジャマ姿でキッチンに顔を出し直子に宣言すると、直子はにやにやしながら料理が盛りつけられた皿を差しだした。

「今日は久美が好きなてりたまチキンなんだけど」

久美の喉の奥で、うぐ、と変な音が鳴った。

「いらない」

「じゃあ、お母さんが食べちゃおっと。それとも、朝ごはんに取っておく？」

「朝ごはんもいらないから」

「へーえ」

母のにやにやから逃げるように久美は自室に戻った。

空腹をごまかそうとストレッチなどしてみたが、余計にお腹が減るばかり。もう寝てしまえと布団に入ったが、お腹がぐうぐう鳴り続けてなかなか寝付けなかった。


翌日、目覚めた途端にお腹がすいていることに気づいた。胃が痛いのかと勘違いしそうなほど、劇的な空腹だった。

こんなに我慢したんだから体重は相当に減っているんじゃないだろうかと体重計にのってみると、百グラムも減っていない。腹が立つのは体重計に対してなのか、空腹のせいなのか、どちらともなのか。久美はイライラしながら仕事に出かけた。

店につくと、既にショーケースには色鮮やかなお菓子たちが並んで久美を待っていた。湧いてくる唾を飲み下して、なんとか視線をショーケースからはずす。気をつけていないと、ショーケースのお菓子に手を伸ばしてしまいそうだった。

「おはようございます、久美さん」

厨房から出来上がったお菓子を運んできた荘介が久美に声をかけた。久美は力なく返事をする。

「おはようございます」

「どうしたんですか、元気がないですね」

「なんでもないです、大丈夫ですよ」

荘介が抱えているお菓子からも目をそらして、久美は開店準備を始めた。その足取りはややふらついている。

「具合でも悪いんですか？」

「本当に大丈夫です」

「そうですか」

明るく笑ってみせた久美をそれ以上は追及せず、荘介は厨房に引っ込んだ。

店番は欲望との戦いの連続だった。客が来るたびに久美はショーケースを開け、美味しそうなお菓子を手に取る。食欲は最高潮に達する。食べたいという欲求を必死にこらえて、無理に作った笑いを頬に張り付けた。常連客の中には久美の不自然さに気づく者もいてみんな心配してくれたが、久美は「大丈夫」と繰り返すばかりだった。

やっと訪れた昼休み、荘介が店番を交代するために帰ってくると、久美は飛びだすようにして外に出た。いつものスパゲティ専門店へ足が向かいそうになるのを渾身の力で止めて、コンビニに向かった。

陳列棚にずらりと並んだお弁当や麺類のカロリーを確かめ、衝撃で倒れそうになった。久美はいつも好んで食べるメガ盛りチャーシューこってり焼きそばをそっと棚に戻すと、こんぶおにぎり一つを買って店を出た。

店に戻って食べると荘介にまた心配をかけそうで、久美は寒風吹きすさぶ公園のベンチに座って、おにぎりのフィルムを剝いた。冷たいおにぎりを嚙みしめていると、ふいに泣きそうになった。

「ちょっとくらいの腹減りに負けるもんかい」

ぼそりと呟いて、できるだけ時間をかけて大切におにぎりを食べた。

久美が帰っても荘介は放浪に出かけることなく、厨房でガタゴトと物音をさせている。覗いてみると、『由辰』で仕入れてきたらしい野菜を細かく刻んでいた。

「荘介さん、まさかお料理ですか……？」

久美はお化け屋敷に入る直前のような表情で尋ねた。荘介はむっとして、きれいに切り揃えられたニンジンを見せつける。

「久美さんは僕を見くびりすぎてはいませんか？　僕の料理の腕はちゃくちゃくと上

がっているんですよ」

「そういうのはいいですから、お料理ならやめてください。ニンジンが泣きます」

　荘介は堂々と胸を張ってみせる。

「大丈夫です。絶対に失敗しません」

「小指の爪の先ほども信用できません」

「……なんだかその比喩は予想外にグサッと来ました」

「じゃあ、やめてもらえますか？」

「いえ、本当に大丈夫ですから。作るのはニンジンのグラッセです」

　久美は嫌そうに顔をしかめた。

「思いっきり、お料理じゃないですか。中学校の調理実習でハンバーグの付け合わせに作りましたよ」

　荘介は久美の鼻の頭を指さす。

「そこです。中学生でも作れるんです。僕に作れないはずがありません」

「荘介さんは調理実習の授業って受けたんですか？」

「もちろん」

「失敗しなかったんですか」

「もちろん」

「ちなみに、なにを担当したんですか」

「だいたいは皿洗いだね」

「それは失敗しないでしょうけど……。なんで急にお料理を始めたんですか？」

「菜食に興味があってね。最近はお菓子にもよく野菜を使うでしょう。食事も野菜中心だと生活はどう変わるのか知りたくなったんです。それにグラッセなら大丈夫」

荘介は地下収納庫の扉を開けて手のひら大のガラス瓶を取りだし、久美の目の前につき付けた。

「マロングラッセ？」

「そうです。同じグラッセです。素材がニンジンに代わったとしても僕には美味しく作れるはずです」

久美はうーんとうなって苦い表情で呟いた。

「それなら、もう反対しません。私も大丈夫なような気がしてきました」

「良かった。久美さんに反対されたら作れませんからね」

不思議そうな顔で首をかしげた久美に、荘介は優しく微笑む。

「久美さんが美味しいと言ってくれないと、僕は自信を持つことができませんから」

久美は驚いてぱちぱちと瞬きした。いつも自信満々でお菓子作りに失敗無しと自他ともに認める荘介が、久美の舌をそんなに信用しているとは思ってもみなかったのだ。

「試食、一生懸命つとめます！」

真剣な表情で右手を額にあてて敬礼する久美に、荘介は嬉しそうに笑ってみせた。

荘介は楽しそうに次々とニンジンを切っていく。シャトー切りという丸みのある柱のような形状だ。

「こうすると煮崩れしないらしいです」

「……らしいって、誰が言ったんですか？」

「由岐絵です。調理の手順もメモしてくれました」

荘介が差しだしたメモ用紙にはグラッセの作り方が簡単にまとめてある。

一、ニンジンを切る

二、鍋に入れてバター、砂糖、水を入れる

三、強火↓弱火↓強火

「……これだけですか？」

「そうですね」

「分量なんかは？」

「由岐絵はいつも目分量らしいですよ」

「それは由岐絵さんが料理上手だからできる技であって、荘介さんには無理ですよ」

「大丈夫、大丈夫。要はニンジンに火が通ってくれたらいいわけだから」

久美の心にもやもやと暗雲が立ち込めたが、荘介はなにを言っても聞いてくれそうにない。下腹にぐっと力を入れて、久美は覚悟を決めた。

適当に材料を突っ込んだ鍋から、バターが甘くとろけていく美味しそうな香りが立ち上った。久美はすんすんと香りを嗅いだ。食欲をそそられて胃がぎゅっと縮む。思わず両手で胃の辺りを押さえた。今にもぐう、と鳴りそうだ。

空腹を我慢するのが辛くなって、久美は店舗へと移動しようとした。

「久美さん、珍しいですね。調理を見ていかなくていいんですか？」

「えっと、ちょっと急ぎの仕事がありまして」

荘介はじっと久美を見つめた。久美はまっすぐ見返すことができず、きょろきょろと視線をさ迷わせた。

「わかりました。グラッセができたら声をかけます」

「はい、お願いします」

荘介から逃げるようにそそくさと店舗へ戻ったが、とくに今たまっている仕事はない。今度は店舗に広がるお菓子の香りとの戦いだった。前門の虎後門の狼ではないが、どちらを向いても久美の胃袋にとっては危機的状況だった。


「久美さん、できましたよ」

荘介が店舗に顔を出したとき、久美は空腹でへろへろになってイートインスペースの椅子に座り込んでいた。荘介が口を開きかけなにか尋ねようとしたが、久美はそれを阻止すべく勢いよく立ち上がった。

「ニンジンのグラッセ、楽しみです！」

そう言うと、もの問いたげな荘介の背中を押して厨房へ入った。

「わあ、美味しそう」

調理台の上には、ふっくらと煮上がったニンジンがあった。表面はつややかでいかにも美味しそうだ。荘介が小皿に盛ってくれたニンジンを一切れフォークでつき刺すと、久美は襲いかかるかのようにして口に入れた。空きっ腹にバターの香りとニンジンの甘みがたまらない。飲み込むと喉をするすると滑り下りて胃の中に入り、空っぽだった胃は急激にニンジンを消化しはじめ、その動きを久美は痛みとして受け取った。お腹を押さえて前かがみになった久美を見た荘介は慌てて背中をさすった。

「そんなにまずかったですか。遠慮なくはきだしてください」

「違うんです、ちょっとお腹の調子が悪かったから……。味は美味しかったです」

厨房の隅に置いてある小さな椅子に久美を座らせると、荘介はニンジンのグラッセをフォークで刺して口に入れた。一噛みしてそのまま動かなくなってしまった。

「荘介さん、どうかしたんですか？」

「このグラッセ、本当に美味しかったですか？」

「はい。甘くて滋養になりそうだと思いました」

荘介は眉をひそめてしばらく黙ったまま、口の中のニンジンを飲み込むことをためらっていた。久美が首をかしげて見ていると、しばらくして覚悟を決めたようでごくんと音を立てて飲み込んだ。

「……久美さん」

「はい」

「僕にはこのグラッセは、えぐみがあって生臭くて苦くて、ニンジンの悪い部分を存分に引きだした味に感じられるのですが」

「え、そうですか？　私には美味しかったけどなあ」

小皿に残ったニンジンをじいっと見つめた久美は今にもよだれを垂らしそうで、荘介は怪訝な顔で久美に尋ねた。

「まだ食べるんですか？　無理してないですか？」

「え、や、あの。無理はしていないんですけど、このグラッセ、カロリーは……」

「それなりにありますよ。砂糖とバターもそうですが、ニンジンもカロリーがある方です。野菜の中では、の話ですが」

久美はがっくりと肩を落とした。

「申し訳ないんですけど、試食はこれで終わってもいいですか？」

「もちろん。残りのグラッセは僕が責任もって食べてしまうから気にしないで」

「はあ」

どうやら荘介は久美がグラッセの味に負けたものと思ったらしい。ダイエット強化期間であることを話さなくて済んでホッとした久美はそそくさと厨房から逃げだした。

そんな久美のダイエットは一週間続いた。朝晩は抜き、昼はおにぎり一つ、それと連日、荘介が作り続ける野菜料理の試食。それが久美が食べたもののすべてだ。

荘介は白菜の甘酢漬けやら、ゴボウのきんぴらやら、青梗菜と椎茸の炒め物やらを作っては、「……ひどい味がします」と自虐していたが、空腹の久美はどれも美味しく食べていた。ただ、やはり野菜料理のわずかな摂取カロリーも気になってひと口だけで食べることをやめてしまう。そうやって、二人ともろくに箸をつけない試食の日々はすぎていった。


ある朝、久美はベッドから起きだした途端に強いめまいに襲われた。立っていられずに床にへたり込んでしまう。どうしても起き上がれず座り込んでいると、母の直子が久美を起こしに部屋にやって来た。

「どうしたの！」

慌てて駆け寄った直子が久美の額に触れる。熱はない。かえって冷たいくらいだ。

「なんか、力が入らん。動けん。どうしよう」

「救急車呼ぶわ」

「や、そこまでひどくはないと思う」

「じゃあ、どうするの。私が背負って病院に運ぶの？」

「肩かして。立つけん」

久美は直子にすがってなんとか立ち上がった。けれどまたすぐに座り込んでしまう。直子は久美を背にのせると足を引きずらせたまま部屋を出て、タクシーを家まで呼んでなんとか久美を押し込んだ。一番近い総合病院に駆け込むと、すぐにストレッチャーに乗せられてさまざまな検査を受けた。

「脱水症状です」

検査結果が出ると同時に点滴を受けて三十分。久美の具合は、急速に良くなっていた。ふらふらしながらも立ち上がって歩けるようになっており、直子に付き添われて診察室で医師と向かいあった。

「栄養失調も少しありますね。ちゃんと食事は取っていますか？」

「えっと……」

初老の医師は横目でチロリと久美の様子を見て、大げさなため息をついた。

「人間は水分を水だけでなく食事からも取っています。食事を抜けば水分も抜くことになるんですよ」

「はあ……」

それから二言、三言お説教を受け、久美と直子は病院を出た。帰りのタクシーの中で直子からも叱られて、久美は肩をすくめて小さく小さくなった。

二日間の安静と流動食を命じられ、久美は店を休んだ。電話口で荘介が何度も「大丈夫ですか」と繰り返すことにも罪悪感を感じて、また小さく小さく身をすくめた。

通院と点滴が必要ないと言ってもまだふらつくために、一日中ベッドでごろごろしていた。直子が運んでくれた五分粥やコーンスープ、野菜ジュースなどを時間をかけて少しずつ飲みながらぼーっとしている。まるで怠けてサボっているようで罪悪感は増すばかりだ。しかし、起き上がる気力はまだ湧かない。しかたなく漫画を読んで気晴らしをすることにした。

漫画に没頭していると時間はあっという間に進んだ。いつの間にか窓の外は暗くなっていて、飲み物もなくなり、お腹が空いてきた。それでも久しぶりに読んだ長編漫画がやめられず、久美は読み耽った。

ドアをノックする音が聞こえたが漫画から目が離せない。「はーい」と声だけで返事をするとドアが開いた。

「久美さん、大丈夫ですか？」

がばっと顔を上げると、荘介がドアの側に立っていた。

「そ、そ、そ、荘介さん！」

久美の顔を見て安心したらしく荘介は優しく笑った。久美はしばらく茫然としていたが、自分がパジャマ姿だったことに気づき、慌てて布団を肩までかぶった。こんな恰好は家族にしか見せたことがない。

「良かった。思ったより元気そうだ」

「はい、あの、もう、全然大丈夫です！」

「全然大丈夫、ではなさそうです。まだ顔色が悪い」

荘介はドアの側から離れない。久美が不思議に思って声をかけようとしたところに、直子がお茶を持って現れた。

「あら、荘介さん。遠慮せずに、どうぞ中に入って。久美があれやらこれやら散らかしてますけど」

直子に促されて、荘介はやっと部屋に入った。

「すみません、女性の寝室に押し掛けて」

「いいのよ。うちの子、女性なんて立派なもんじゃないですから」

久美は直子の言いざまにムッとしたが、荘介が目の前にいるのに母娘喧嘩を始めるつもりはない。黙っていることにしたのだが、つい上目遣いで直子をにらんでしまった。

「ほらね、すぐ怒る。まだ反抗期真っただ中みたいな子ですけど、よろしくお願いしますね、荘介さん」

部屋の真ん中にあるローテーブルにお茶を置いて、直子はドアを閉めて出ていった。

「ごめんなさい、荘介さん！」

久美は起き上がって正座すると深く頭を下げた。

「お店を休んでしまって、本当に申し訳ありません！」

なにも返事がない。久美はおそるおそる目線を上げた。真面目な顔で久美を見つめる荘介と目が合った。

「心配したんですよ」

「ごめんなさい」

うなだれた久美の頭にぽんと荘介が手を置いた。

「無茶したらだめですよ」

「はい……」

「久美さんがいてくれないと、困るんですから」

「お店、忙しかったんですか？」

荘介を見上げて尋ねると、荘介は意味深な微笑を浮かべた。

「そういう意味ではないんだけどね」

久美はどういう意味かわからずに首をかしげる。

「気にしないでください。今は体をゆっくり休めて栄養をつけないとね」

荘介は座り込むと、持っていた保冷バッグを開けて、中から店で使っているプラスチックのカップを取りだした。普段はたまご色のプリンが入ってぷるんとしているその器に、なにやら濁った緑色のしろものが入っている。よく冷えているようでカップに霜がついていた。

「なんですか、これ。宇宙人の食べ物みたい」

久美にカップと、これも保冷バッグから取りだしたスプーンを渡していた荘介は吹きだして咳き込んだ。

「どうしたんですか、荘介さん」

「いや、久美さんのイメージする宇宙人は、きっとタコ型なんだろうなと思ったらおかしくて」

「どうしてわかったんですか！」

「まさか久美さんの口から、リトルグレイやレプティリアンという名前が出るとは思えませんから」

「とりあえず、これは地球人の久美さんのために作ったアイスクリームですよ」

荘介の手から受け取ったカップを目の高さまで持ち上げて、しげしげと観察しながら久美は顔をしかめた。

「苦そうな印象なんですけれども」

「食べてみてください」

にこやかに勧める荘介に、久美は不審の目を向けた。

「これ、変な材料じゃないんですよね」

「大丈夫、普通のものばかりだよ」

そう聞いてもおそるおそるで、久美はスプーンに半分だけ深緑色の冷たい物体をすくって口に入れた。口の中の熱でじんわり溶けていくアイスが、濁った緑色からどんどん透明なエメラルドグリーンに変わっていくみたいだった。

「爽やかな緑の草原の味がします。風にそよぐ青い小麦畑みたい」

久美の喉をとろりとアイスクリームが流れていく。冷たいのに、なぜかとても体が温まる気がした。

「草原のような香りはクマザサかな。ビタミンやミネラルがバランスよくとれる、古くから万能薬と言われる植物ですよ」

「甘さもやわらかくって、不思議と体に染み込むように感じます」

「甘みは甘酒だけなんだ。飲む点滴と言われるほど栄養豊富で吸収率もいい。疲れた体にはとてもいいものだよ。他にもキャベツ、ブロッコリー、アボカド、どれもダイエットにも有効な成分を含んでいるよ」

ダイエットという言葉を聞いた久美が、ぎくりと動きを止めた。

「あの、母からなにか聞きました？」

俯きがちにそっと聞いてみると、荘介は苦笑して小さく首を振った。

「聞かなくても、なんとなくわかりました」

「ですよねー……」

久美は無理なダイエットをして倒れたということがばれて恥ずかしく、小さく小さく身を縮めた。荘介は手を伸ばすとその肩に触れた。

「久美さんが試食を控えていた間、僕はすごく寂しかったんです。僕が作ったものを美味しそうに食べてくれる久美さんの笑顔が、僕にとっての一番のごちそうだから」

肩に置かれた荘介の手の温かさが体中を巡って、顔まで熱く火照った。その熱で溶けてしまわないようにと、久美は急いでアイスクリームを食べてしまった。

「すっごく美味しかったです！」

久美の食べっぷりに小さく拍手を送って、荘介は立ち上がった。

「美味しそうに食べてくれるところもですが」

荘介はそこで一度言葉を切って、少し考えてから次の言葉を口にした。

「今のままの久美さんが、僕は好きですよ」

久美は驚いて目を丸くした。その表情を見た荘介はいたずらっ子のように笑った。

「明後日は元気に店に出てきてください。待っていますよ」

ぼうっとしたまま夢を見ているような顔で久美は荘介の背中を見送った。


二日の養生のおかげで久美の体調はすっかり元どおりになった。朝もすっきり起きて、やっと食べられるようになった普通の食事もとった。元気が出た今日はなんだかそわそわして、普段着ることがないフレアスカートをクローゼットから選びだした。

「え！　うそ！」

だがスカートのファスナーが、あと二センチというところで止まってしまって、どんなにがんばってお腹を引っ込めても、うんともすんともどうにもならない。

「うっそー……」

落ち込みをのり越えようと久美はきりっとした表情でいつもの服装に着替えた。勢いよく玄関を飛びだすと、競歩のような早歩きで『お気に召すまま』へと向かった。

「おはようございます！」

息を切らしたまま厨房に挨拶に行くと、荘介が満面の笑みで久美を迎えた。

「久美さん復帰第一日目のお祝いに、これを作りました」

そう言って差しだされたのは巨大なイチゴのホールケーキ。

「クリームチーズとホイップクリームを合わせてスポンジケーキで挟んだんだ。外側はバタークリーム。コクと食べごたえを意識してみたよ」

荘介は期待に満ちた輝く瞳で久美を待っている。その期待を裏切ることなど久美にはできない。差しだされた大きなフォークを受け取ると、がつんと思い切りケーキをえぐり、頬張った。

「どうかな？」

「憎らしいくらい美味しいです！」

帰りは絶対に走って帰る。久美は固く心に誓った。

あとがき

『万国菓子舗　お気に召すまま』の四冊目の本になります。

おかげさまで今日も荘介たちは楽しそうに忙しくしております。

この本を見つけてくださって、手に取ってくださって本当にありがとうございます。

いくつかのお菓子を用意してお待ちしておりました。お口にあうと良いのですが。


いつも福岡市内で働いている荘介たちですが、たまには遠出することもあります。

そんなときに活躍するのがお店の車、軽バンの『バンちゃん』です。真っ白な車体に濃い茶色でデカデカと店名が書いてある、ちょっと目立つ車です。

久美は心ひそかにいつかバンちゃんをもっとデコラティブにしたいと画策していますが、荘介はまだ気づいていません。いつかそんなバンちゃんの大変身もお目にかけられる日がくることを願っております。


さて。今作にちらりと名前が出てくる宮地嶽神社。年に二回、参道からまっすぐ伸びた道の先に太陽が沈み、参道が金色に輝いて見えるという『光の道』が有名で、多くの方が参拝に訪れる神社です。

残念ながら荘介たちが通った時期には『光の道』は見えなかったようですが、杜の緑を見るだけでも心穏やかになったかもしれません。

この本を読んで、バンちゃんとのお出かけに一緒に行った気持ちになっていただけたのなら幸いです。

お菓子の優しさは誰かを笑顔にして、その笑顔がもっともっとたくさんの人に広まっていく。その笑顔の発信源のひとつが『お気に召すまま』であることを、荘介も久美も胸に誇って今日もお店を開けています。

カランカランとドアベルが鳴るたびに、次はどんな人と出会えるのか、どんな笑顔が見られるのか、いつも楽しみにしています。そのために荘介は日々腕を磨き、久美はショーケースを磨きます。そして。

今日も新しいお菓子を準備して、あなたのご来店を心よりお待ちしております。

二〇一七年十一月　溝口智子

この物語はフィクションです。
実在の人物、団体等とは一切関係がありません。
本作は書き下ろしです。

溝口智子先生へのファンレターの宛先

〒101-0003　東京都千代田区一ツ橋2-6-3　一ツ橋ビル2F
マイナビ出版　ファン文庫編集部
「溝口智子先生」係

万国菓子舗　お気に召すまま

～遠い約束と蜜の月のウェディングケーキ～

2017年11月20日　初版第1刷発行

著　者	溝口智子
発行者	滝口直樹
編集	植木優帆　成田晴香（株式会社マイナビ出版）　鈴木希
発行所	株式会社マイナビ出版
	〒101-0003　東京都千代田区一ツ橋二丁目6番3号　一ツ橋ビル2F TEL 0480-38-6872（注文専用ダイヤル） TEL 03-3556-2731（販売部） TEL 03-3556-2736（編集部） URL http://book.mynavi.jp/

イラスト	げみ
装　幀	徳重甫＋ベイブリッジ・スタジオ
フォーマット	ベイブリッジ・スタジオ
校　閲	菅野ひろみ
DTP	株式会社エストール
印刷・製本	図書印刷株式会社

 ISBN978-4-8399-6483-2
Printed in Japan

Fan
ファン文庫

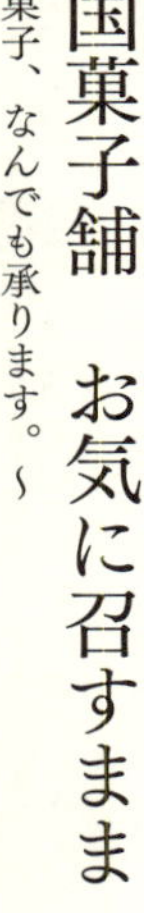

サボり癖のあるイケメン店主が
世界中のお菓子をつくる理由とは……

「小説家になろう」発、「お仕事小説コン」グランプリ受賞作。
どんな注文でも叶えてしまう、博多の老舗"和洋"菓子店を舞台にした、ほのぼのしんみり味がある、至高のスイーツ物語。

著者／溝口智子
イラスト／げみ

万国菓子舗　お気に召すまま
～薔薇のお酒と思い出の夏みかん～

著者／溝口智子
イラスト／げみ

味のある人生に当店のお菓子を。
夏みかんの香りが記憶を呼び起こす――

「お気に召すまま」アルバイトの久美は、ある日常連の斑目（まだらめ）が、店にあった夏みかんを避けていることに気付き……？人生にほっこりしんみり染みてくる、味わい深いシリーズ第2弾。

Fan
ファン文庫

喫茶『猫の木』の秘密。

～猫マスターの思い出アップルパイ～

大人気シリーズ完結編！　猫頭マスター×
恋愛不精ＯＬのほっこりした日常に癒されて。

静岡の海辺にある喫茶店『猫の木』。そこには猫のかぶり物を被ったマスターがいる。恋愛不精のOL・夏梅とのジレジレ恋がいよいよ動き出す!?　猫のかぶり物に隠された謎とは!?

著者／植原 翠
イラスト／ｕｓｉ